JERONYMO MONTEIRO

O CRIME DA REPRESA NOVA

ROMANCE POLICIAL

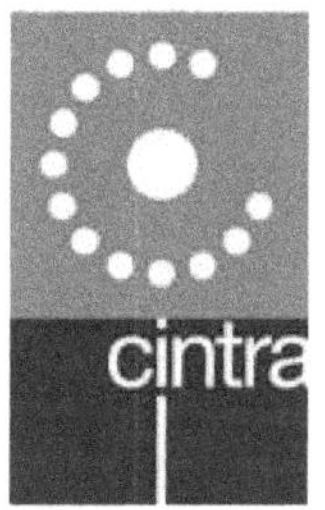

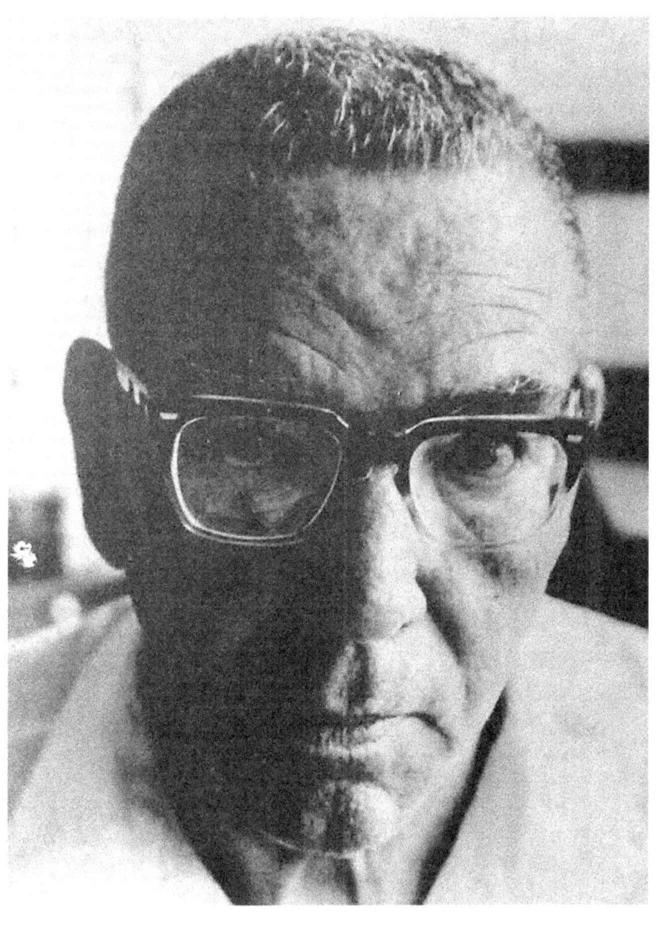

Sumário

O VELHO DANIEL E SUA CASA

Antigamente, aquele grande vale era todo verdejante, coberto de pomares, bonitas chácaras e alguns sítios. Casinhas rústicas, com seus cata-ventos para produção de eletricidade. Criações de porcos, de vacas — verdadeiro paraíso terrestre. Mas a cidade próxima crescia sempre, e se tornava cada vez maior, cada vez mais exigente, tendo cada vez maiores necessidades a satisfazer. Estava com mais de 2 milhões de habitantes quando se tornou claro que a usina de energia elétrica que a abastecia não chegava mais. Era preciso aumentá-la, mas, para isso, era preciso muito mais água do que a fornecida pela represa velha.

E um dia, apareceram pelo vale os engenheiros com seus teodolitos, suas trenas, seu complicado aparelhamento. Houve medições, cálculos, trabalhos que os moradores das chácaras não compreendiam. Perguntavam uns aos outros que seria que aqueles homens andavam fazendo. E, depois de algum tempo a notícia da represa apareceu e começou a tomar vulto.

— Diz que vão fazer uma represa aqui!

A maioria não se conformava com isso. Porque a represa significava a mudança, o abandono das terras, e, entre eles havia muitos que tinham entranhado amor por aquelas árvores, pelas suas criações, por tudo o que plantavam e colhiam.

Mais tarde começaram as desapropriações. Os advogados da empresa encarregada dos trabalhos entraram em negócio com os proprietários, e, de acordo com as avaliações já feitas, foram adquirindo as terras necessárias, que abrangiam uma enorme área de mais de 50 quilômetros de comprimento, indo do alto de uma das colinas ao alto da colina seguinte, em toda e extensão do vale.

Justamente na parte baixa do vale, onde as duas colinas se aproximavam uma da outra, facilitando extraordinariamente a construção da barragem, o velho Daniel tinha o seu sítio, que se estendia de uma à outra colina, tomando todo o vale. Daniel e seu filho Egbert, auxiliados por camaradas que contratavam nos momentos necessários, tinham feito daquela terra um verdadeiro jardim. A casa, simples, rústica, era linda em meio às árvores frondosas. Tinham algumas vacas, porcos, cavalos e a família, composta do pai, mãe, Egbert, duas moças e mais um irmão menor, vivia na fartura e com toda a simplicidade.

O velho andava furioso com aquelas notícias da represa, e, quando começaram a desapropriar as terras, ele teimou por tudo quanto havia, que não venderia as suas, nem sairia dali.

Chegou o momento em que o procuraram.

— Não vendo.

— Mas é necessário que venda, Sr. Daniel. Aqui vai ser construída a represa, e todos já venderam, falta só o senhor.

— Mas eu não vendo. Só se me matarem. Esta terra é da minha família há mais de cem anos. Há muitos outros lugares para se construir uma represa. Não vendo.

— Nós podemos empregar a força.

— Então empreguem a força, mas eu não vendo esta terra.

Desapropriado já todo o vale, começaram a chegar os materiais de construção e a barragem começou a ser erguida, ao mesmo tempo em que se construía a grande usina lá em baixo. À medida em que a construção ia avançando, os advogados assediavam o velho Daniel, procurando convencê-lo a vender a terra. Não havia outro remédio, ele teria que deixar o seu sítio, quer quisesse ou não. Mas o velho, terrivelmente teimoso, não cedia. Egbert, tão teimoso como o pai, e instruído, pois fizera curso numa Universidade, não queria vender também. Só a mãe e as duas irmãs é que concordavam com a venda.

— Podemos comprar outras terras, aqui perto mesmo — dizia a velha. — Para que estar teimando com eles? Não vê que não podemos fazer nada?

— Ninguém me tira da minha terra! — bradava Daniel.

O tempo foi passando. O velho não cedeu. A empresa mandou-lhe mais de cinquenta cartas notificando-o para sair, falando em "utilidade pública" e não sei que mais.

Mas ele não dava confiança, não respondia. Recebeu, um dia a notícia de que o dinheiro correspondente ao valor de sua propriedade, com todas benfeitorias, havia sido depositado num banco, em seu nome, ao mesmo tempo, avisaram-no de que dentro de três meses, a represa começaria a se encher de água, e que, portanto, era bom que ele tomasse as suas providências.

O velho nem ligou. Limitava-se a praguejar, a xingar todo o mundo. Egbert também se indignava, achava aquilo inadmissível, porque ele também, tinha grande amor à terra onde nascera e que com tanto carinho cultivava.

A água veio chegando, e se acumulando lentamente junto ao grande muro de cimento armado que era a barragem. Daí em diante foi aumentando, aumentando sempre. Atingiu as terras do velho Daniel, que protestou furioso, e cresceu sempre, alagando cada vez mais seus pastos, seus pomares. A velha, com as duas filhas e o filho menor, deixou a casa e foi morar na casa de uns parentes, do outro lado da colina. Daniel e Egbert, porém, ficaram ali, firmes, teimosos, trabalhando na terra que lhes restava, cada vez menor, cada vez mais invadida pelas águas. O velho começou a ficar transtornado com os acontecimentos. Azeitou bem uma carabina que lhe servira em outros tempos para caçar, e andava sempre com ela no ombro. Egbert achou perigoso aquilo, e recomendava ao pai que deixasse a arma. Mas o velho, já então com o juízo perturbado, respondia:

— Hei de matá-los! Hei de matá-los a todos! Bandidos! Ladrões!

E, realmente, por várias vezes ele disparou contra engenheiros ou empregados que passavam por perto de sua casa.

Ninguém levava o velho a sério. Sabiam que ele andava com o juízo avariado, e levavam tudo à conta da idade.

Aliás, não era preciso, mesmo, que tomassem nenhuma providência, porque os próprios acontecimentos liquidariam o assunto. Chegou o dia em que a água levou os currais das vacas. Depois levou o galinheiro, e as pobres galinhas boiavam na água, inchadas. E um dia começou a levar o muro do quintal da casa.

— Agora é preciso mudar, papai. Não podemos mais ficar aqui.

— Se você é covarde, pode ir. Deixe-me, que eu ficarei sozinho. Eu não sou covarde. Não tenho medo!

— Mas a água está levando a casa, papai! Não podemos continuar aqui. Isto desmorona a qualquer momento!

— Eu não saio. Se quiser, pode ir embora. Eu não vou.

E não foi mesmo. Já não tinham nem onde plantar. Do lado de baixo a casa estava dentro d'água.

Uma noite, enquanto dormiam, as chuvas que haviam caído na cabeceira dos rios no dia anterior aumentaram subitamente o volume da água na represa, e a casa amanheceu dentro d'água, como se fosse um grande barco.

O moço, que tinha, havido tempo, comprado uma canoa, quis levar o pai para fora à viva força, e o velho à viva força se opôs. Não sairia de sua casa. Ninguém o punha para fora,

Ao fim do dia, Egbert saiu com a canoa, para ir comprar alguns gêneros.

E, ao voltar, não encontrou a casa. Ela ruíra, desfizera-se dentro da água. Procurou o pai por todos os cantos, sem que pudesse encontrá-lo.

Ele sumira com a sua casa querida. Como um comandante de navio, afundara no seu posto, e, como afirmara centenas de vezes, "ninguém o tirara de sua casa".

"VOCÊ VAI VER O QUE O ESPERA..."

A Represa Nova, como todos a conheciam, foi muito aumentada com barragens em vales transversais e se tornou um pequeno mar. A empresa viu-se na necessidade de estabelecer uma porção de postos de vigilância, nos pontos mais perigosos, para evitar que pessoas pouco cautelosas corressem perigo.

Um dos postos de vigilância, o principal, perto da extremidade onde a água se precipitava pelas aberturas do paredão de cimento armado, para movimentar as gigantescas turbinas da usina — era pitoresco. Era uma casa de madeira montada sobre grande plataforma flutuante. De um lado ao outro do vale, um cabo de aço fora atravessado, para que a casa pudesse, em caso de necessidade, ser transportada até à outra margem. E tanto numa como na outra das margens havia um engenhoso dispositivo que mantinha imóvel a casa, embora ela pudesse descer e subir com o maior ou menor volume das águas.

Não havia nada mais pitoresco do que essa casinha, sob a qual a água marulhava dia e noite, sem parar, fazendo estranhos ruídos por entre os grandes tambores de ferro, que estavam presos por baixo da enorme plataforma flutuante.

Cinco anos depois dos acontecimentos que acabamos de narrar, vamos encontrar, morando nessa pitoresca residência flutuante, como encarregado geral da vigilância e do funcionamento das comportas, um homem moço ainda, Egbert. Ninguém se recordava dele. Ninguém sabia que esse Egbert, taciturno, esquisitão, que vivia inteiramente sozinho na sua casa de madeira, não gostando de conversas nem de visitas, era aquele mesmo Egbert que um dia saíra para comprar mantimentos e na volta não encontrara mais nem seu pai, nem sua casa. Bem proporcionado, bonito, meticuloso com todas as coisas que o rodeavam, Egbert era um excelente funcionário, pontual, cumpridor de seus deveres. No entanto, se tudo, na casa e no que ele devia cuidar, vivia meticulosamente cuidado e limpo, a sua própria pessoa dava uma estranha impressão de abandono. Dir-se-ia que achava a si próprio indigno de cuidados. Passava dias sem fazer a barba. O cabelo, só o cortava quando estava escandalosamente comprido. Sua roupa era sempre uma calça de brim claro, uma camisa branca aberta no peito, botas de cano curto. Devia ter um respeitável sortimento de peças iguais, porque, diariamente, depois dos mergulhos que dava na represa, trocava roupa sempre igual. Raramente vestia um paletó e jamais usara chapéu, com chuva ou sol.

Não saía. Raríssimas vezes ia até à cidadezinha próxima, e quando o fazia era por necessidade, para comprar coisas indispensáveis que o armazém da empresa não lhe podia fornecer. Só descia até à Usina quando o chamavam por motivos de serviço. Fora disso mandava o seu relatório pelo serviço de ronda que passava às 2as. feiras, às 19 horas.

Tinha direito a dois dias de folga por semana, mas isso não lhe interessava, porque passava esses dias inteiros na plataforma flutuante, ou pescando, ou lendo, ou talhando a canivete curiosas figurinhas de madeira. A sua casa era pequena, mas parecia um modelo de casa. Na sala, tinha uma grande estante cheia de livros, e mais duas estantes menores, também carregadas de livros e das figurinhas de madeira que esculpia. A cozinha, pequena e limpa, parecia estar a cargo de uma mulher.

Egbert tinha um ajudante, um rapaz mais novo do que ele, mas nunca precisava dos seus serviços, e assim, o rapaz estava sempre na Usina o que aliás, era de seu agrado. Raras vezes vinha ele até à casa flutuante, a não ser nos dias de limpeza em geral. Egbert tomava conta de todo o aparelhamento, sem se descuidar de coisa alguma. Era considerado pela sua discrição, pela sua proficiência, pelo senso de responsabilidade, como o melhor empregado da empresa.

Numa de suas visitas periódicas, o engenheiro-chefe, depois de examinar tudo cuidadosamente, aceitou o café que Egbert lhe oferecera, e saboreava-o, sentado na poltrona de lona na varanda.

— Eu não o compreendo, Egbert — disse ele. Você é um rapaz de cultura média. É estudioso, trabalhador, dedicado... por que não aceita o lugar que lhe oferecemos na Administração?

— Sinto-me bem aqui...

— Não quero me intrometer na sua vida. Mas não compreendo a sua predileção por este lugar. Se você fosse um desses tipos de vagabundos, era fácil de compreender. Mas não é. Você não tem ambições?

— Não. Estou bem assim.

— Não deseja progredir, crescer, tornar-se alguém importante no futuro?

— Não. Desejo, apenas, poder viver aqui, sossegado, fazendo o meu serviço bem feito, e vivendo só, como vivo.

— Sabe que neste lugar não tem nenhuma probabilidade de vir a ganhar mais do que ganha?

— Não importa. Não desejo ganhar mais.

— Não se aborrece, por ficar sozinho aqui dia e noite, durante meses a fio?

— Não. Sinto-me perfeitamente bem.

— Por que não tem seu ajudante consigo? Teria, assim, com quem conversar, para pescar...

— Eu nunca tenho horas vazias. Aí estão meus livros e na represa há peixes para pescar... Lastimo que o desiluda, sr. McKlark.

— Não. Eu respeito o seu modo de viver. É pena que não queira concordar conosco. Mas, se um dia quiser um outro lugar na Usina, na Administração, não deixe de me procurar. Terei prazer em poder atende-lo. E muito obrigado. O seu café estava muito bom.

Os dois apertaram as mãos. McKlark, quando fitou os olhos de Egbert notou neles qualquer coisa que não soube explicar. E, enquanto seu carro rodava pela estrada, ia pensando que aquele moço devia ter qualquer coisa na vida, um fundo desgosto que o levara a viver assim, retraído, consigo mesmo, pensou que havia de fazê-lo mudar de vida, fazê-lo mais sociável... "Hei de saber o que ocorreu em sua vida..."

Os dias foram passando, sempre iguais. O serviço era pouco e fácil para quem, como Egbert, trazia tudo em ordem. Ele estava trabalhando, agora, num jardim que plantava, depois de ter nivelado e afofado um bom pedaço de terra na margem da represa, em frente à casa. Construiu alguns caramanchões rústicos, que haveriam de ser, mais tarde, cobertos pelas trepadeiras que plantou junto aos esteios, e traçou elegantes alamedas que cobriu com pedregulhos.

Em verdade, para um observador superficial, Egbert parecia feliz naquele isolamento. Mas qualquer um podia ver que seu semblante adquiria um ar anuviado quando, pela tarde, sentado à varanda de sua casinha, ficava longo tempo olhando para o horizonte, lá acima das águas da represa.

Certa manhã, Egbert estava sentado na beira da plataforma, todo entregue a uma pescaria que já lhe rendera alguns bonitos peixes quase circulares — quando ouviu ao longe, um coro de risadas e gritinhos. Procurou com os olhos pela extensão da água, na esperança de avistar alguma dessas lanchas de excursionistas que de vez em quando conseguiam licença para visitar a Represa. Mas nada viu. Não se aproximava embarcação alguma. Largou, então, a vara, deu volta à casa, pulou da plataforma para a margem da represa, atravessou o jardim e correu até ao talude, de

onde se via o portão e toda a margem inclinada da represa, até ao paredão de cimento. E dali viu um grupo de moças e rapazes, correndo pela ribanceira acima, descuidados, rindo. Disse consigo mesmo:

— Vamos ter aborrecimentos... Aí vêm os filhinhos de papai... Vão querer ver tudo, saber tudo, perguntar tudo... Pensam que os empregados da represa são para seu uso exclusivo e particular...

Pouco depois, o grupo chegava até ele. As moças que eram três, vinham coradas ofegantes e risonhas. Os dois rapazes, desse tipo estandardizado, cheios de si, chegaram primeiro e pararam diante dele.

— Não sabem que a entrada aqui é proibida? Não leram a tabuleta dá no portão?

— Lemos. Eu sou filho do engenheiro McKlark — disse o mais alto.

— Não importa. Sem uma ordem por escrito, não poderei permitir que andem por aqui.

— Aqui está a ordem — disse o rapaz, enfiando a mão no bolso e tirando um papel dobrado, que entregou a Egbert. Este leu-o. Era uma ordem assinada pelo engenheiro McKlark e dizendo a Egbert que poderia deixar os visitantes andarem à vontade por todos os cantos, desde que tomassem o devido cuidado.

— Muito bem — disse Egbert. Está em ordem. Podem ficar à vontade. Se quiserem um café... estarei ali na minha casa.

E Egbert voltou à plataforma, pegou a vara e continuou a pescaria interrompida. Mas já não estava à vontade. Ouvia, por todos os lados, as risadas e os gritos dos rapazes e das moças que metiam o nariz em todos os cantos.

A manhã estava maravilhosa, tranquila, iluminada por um sol brilhante num céu muito azul. A água da represa parecia um espelho — quieta e parada como se tivesse realmente adormecida.

Para Egbert, porém, que gostava de solidão, silêncio e tranquilidade, o dia estava estragado e a paisagem prejudicada por esses intrusos que não sabiam apreciar a natureza. E, enquanto pescava, ia pensando:

— Daqui por diante, vai ser sempre assim. Quando estas coisas começam, não param mais. Teremos levas e levas desses cretinos que vêm para cá gritar e dizer tolices, comer e atrapalhar. Mas se voltarem, eu vou dizer aos chefes que não ficarei mais aqui. Assim não me serve...

Estava, afinal, todo absorto na sua pescaria, quando uma voz disse ao seu lado: Tem pescado muito?

Levantou os olhos. Ao seu lado, de pé, viu uma moça. Era morena e seus cabelos estavam em desordem. Tinha no rosto uma suave expressão de meiguice. Os olhos, negros aveludados, eram doces e a voz, de bela tonalidade cantante. Era, evidentemente, sul-americana embora falasse perfeitamente o inglês.

Quando Egbert levantou os olhos para ela, a moça sorria com seus bonitos dentes muito brancos e iguais. Mas ele não queria saber de histórias. Não sorriu para ela. Voltou o rosto novamente para a água, fitando a linha que mergulhava quieta.

A moça, no entanto, não se zangou com a péssima recepção. Foi sentar-se num caixote, um pouco afastada, e ficou olhando para a água com a fisionomia feliz.

Egbert deu um leve puxão à vara, e rapidamente se pôs a virar a carretilha. Pouco depois, aparecia um belo peixe, saltando, debatendo-se, rebrilhando aos raios do sol. A moça chegou-se para perto:

— Coitadinho... era tão feliz na água... agora vai ter que morrer aí... — disse a meia voz, enquanto Egbert tirava o peixe do anzol e o colocava no balde com água, tornando a cobri-lo com a tampa perfurada. E não falou coisa alguma. Pôs uma nova isca, tornou a lançar linha à água e ficou quieto, calado.

— Não se sente solitário aqui? — perguntou ela do caixote, onde voltara a sentar-se.

— Não. Sinto-me muito bem. Gosto de solidão.

— Ah... gosta da solidão...

— Sim. Cada um de nós precisa gostar de alguma coisa... Eu, gosto da solidão...

— Também gosto. A solidão é uma beleza... mas um dia ou outro. Se ficasse, como o senhor, isolado de tudo durante dias, meses e anos, acho que me tornaria louca.

— É claro. Isto não é para todos. É para quem gosta, para quem se acostumou.

A moça bem percebeu que Egbert falava forçado, apenas para não ser demasiado descortês com ela. Por isso, calou-se e ficou olhando durante mais alguns minutos. Depois, sem acrescentar uma palavra sem se despedir, levantou-se e atravessou a plataforma, pulando para a margem. Obliquamente, desceu o talude, até à beira da água, com os cabelos negros esvoaçando e a pele dourada pelos raios do sol. Egbert olhava, sem querer a sua silhueta batida pelo vento. Depois, ela pulou de pedra em pedra, à flor da água, e desapareceu de repente, atrás de um tufo de arbustos.

Egbert continuou a sua pescaria, esforçando-se por permanecer sereno. Mas era inútil. Já não se sentia como antes. Quando, alguns minutos mais tarde se surpreendeu olhando para uma e para outra margem, descobriu que estava à procura da moça. Zangou-se consigo mesmo. Mas não adiantou nada mais. A pescaria perdeu todo o sabor. Aqueles olhos pretos, aquele rosto moreno tinham-se gravado em sua memória de maneira indelével.

Pouco depois, enrolou a linha, e, apanhando o balde, foi para casa, tratar de preparar o almoço.

Quando, na cozinha, remexia as panelas, sentiu uma presença. Era a moça que ali estava, sorridente, à porta, com os seus olhos negros, seus cabelos em desordem e seu lindo sorriso de dentes muito brancos. — É você mesmo quem faz a sua comida? — Naturalmente... Quem havia de ser?

— E nunca teve uma indigestão? — disse ela, rindo — Você não tem o mínimo jeito para cozinheiro... sabe?... Deixa ver. Que é que vai fazer?

Aproximara-se enquanto falava, e agora estava perto do pequeno fogão elétrico, onde ele, pusera uma frigideira com azeite

— Vou fazer uma fritada disse, confuso. Nunca vira a sua casa assim indiscretamente invadida e jamais alguém tomara a liberdade de meter o nariz em sua cozinha.

— Ora... deixe ver... você não tem jeito para estas coisas. Agora, pescar, sim... Pescar você sabe. — ela pegou na frigideira, encontrou logo os ovos, que partiu agilmente, e remexeu por todos os cantos, esperta e à vontade, como se estivesse em sua própria casa. Cortou o presunto e ia falando, censurando:

Veja só! Então, é deste modo que se guardam as cebolas. Que terrível falta de ordem! Você não nasceu para dono de casa... está se vendo!

Encostado ao batente da porta da cozinha, Egbert olhava para ela, sem dizer uma palavra, acompanhando-lhe todos os movimentos, e sentindo que "qualquer coisa" lhe remexia lá por dentro, enquanto admirava a figura graciosa da morena borboleteando pela pequena cozinha. De repente, ela voltou-se e disse:

— Que é que fica fazendo aí, parado como um enfeite? Por que não vai pôr a mesa?

Egbert teve vontade, de lhe responder que estava em sua casa, que não se metesse na sua vida. Mas, em vez disso, murmurou:

— Ah... a mesa... para um?

— Não criatura! Você pensa que eu não como?

Egbert foi para a sala, limpou a mesa, escolheu a mais bela toalha que tinha, dispôs os pratos, lamentando não ter uma baixela mais delicada. Pôs duas cadeiras, uma em frente à outra. Depois correu ao jardim e fez um ramalhete de flores e colocou num velho vaso, no centro da mesa. Nunca vira a sua mesa tão bonita e era a primeira vez, também, que punha louça para duas pessoas. E o rapaz começou a sentir uma alegria, uma efusão que não sentia havia anos, desde que lhe morrera o pai.

Afinal a moça trouxe tudo para a mesa, e, olhando para Egbert, que estava parado, enrostado ao peitoril da janela, disse sorrindo:

— Pronto, patrão... Que mais?

Egbert estava atrapalhado, não sabia o que dizer, murmurou:

— Oh... por favor... sente-se, senhorita...

— Alice — completou ela. — Você chama-se Egbert, não é?

— É Egbert, sente-se, Alice... Nem sei o que dizer...

— Não diga nada. Agora é hora de comer e não de falar. Quando você podia ter falado, lá fora, não falou... como é que vai falar agora?

Alice tinha uma extraordinária habilidade em deixar os outros à vontade, e sabia encaminhar a conversa com tanto jeito, que, dentro em pouco, Egbert conversava alegremente. E lembrava-se de que jamais o seu almoço estivera tão gostoso e ele com tamanho apetite. Alice era, na verdade, encantadora em sua meiguice, e Egbert sentia indizível prazer em ouvi-la falar, pelo fim do almoço, ela dizia-lhe:

— Não entendo como é que um moço como você, instruído, educado, se pode enfiar num lugar solitário como este, e viver como dentro de um caramujo, sem tirar a cabeça.

— Estou habituado.

— Meu Deus! Mas não pode ser! Você tem que reagir! Isso não pode continuar deste jeito!

Mas que quer? Não tinha estímulo... a solidão tem me parecido tão boa...

— Não pretende fazer nada melhor do que isto?

— Bem... Não sei. Mas poderia tentar... Poderia mudar de vida.

— Claro! Esplêndido! Você tem todas as qualidades para vencer! E até é feio um moço na sua idade, com os seus conhecimentos, ficar aqui, metido numa casinha à beira da água, pescando e fazendo fritadas como velha viúva... Parece que não tem vontade de trabalhar...

— Não diga isso, Alice...

— É o que podem pensar de você...

Os dois continuaram conversando sobre esse tema, enquanto Alice lavava a louça e Egbert enxugava. Depois, fizeram um longo passeio de bote pela represa, e, mais tarde, estavam ambos sentados num banco rústico, à sombra da casa — quando o grupo, duas moças e dois rapazes, apareceu. De longe, o que vinha na frente, e que entregara a carta a Egbert, gritou:

— Por que não foi conosco, Alice?

— Achei melhor ficar aqui. Com este calorão, andar por aí...

— O piquenique esteve delicioso! E, ao dizer estas palavras, o rapaz chegara perto de ambos e olhara com certa animosidade para Egbert. Alice percebeu, e apresentou:

— Atílio McKlark...

— Sei... — disse Egbert, bem-disposto — o filho do engenheiro-chefe... muito prazer...

Atílio notou logo que Egbert estava muito mais alegre do que quando haviam chegado, e ferinamente, comentou:

— Meu pai dizia que Egbert parecia um animal selvagem enjaulado, e que ninguém podia lidar com ele. Mas parece que você dominou o selvagem, Alice...

Alice riu-se e Egbert é que respondeu, de boa vontade:

—Tem razão... seu pai tinha razão. Agora é que eu reparo quanto devia parecer selvagem... Felizmente, Alice veio me fazer compreender que a vida não é só o que eu pensava...

— Não diga! — observou perversamente o rapaz, com cara de pouco caso — Alice conseguiu fazê-lo compreender isso em tão pouco tempo? Ela é, realmente, muito comunicativa.

— Eu não fiz nada demais! — disse a moça. Conversamos e fiz-lhe ver que um moço preparado e forte não deve se sujeitar a levar vida inativa...

Atílio, num movimento de quem está pronto para partir, disse ainda:

— Encantador! A bela e a fera! Mas eu, se fosse você, não me aprofundaria muito nesta obra de reconversão humana. Sabe que cada um vive como gosta... ou como é obrigado a viver...

Egbert sentiu que as palavras de Atílio começavam a feri-lo, e tinham uma segunda intenção que ainda não compreendia bem, mas que tentavam lançá-lo ao ridículo e desmerecê-lo aos olhos de Alice.

— Olhe, sr. Atílio disse ele — Se pensa que vai poder me dizer desaforos por ser filho do chefe da empresa, está muito enganado; porque não aturo desaforos de ninguém. Se Alice é sua namorada, quero dizer-lhe desde já que não a merece, porque é infinitamente inferior a ela...

— Ora, meta-se com a sua vida, senhor selvagem!

— E mais uma coisa. Quanto a mim, não admito nem mais uma impertinência. Recomendo-lhe, meça as palavras, ou se retire, para que eu não seja obrigado a pô-lo lá fora, à força.

— Está me ameaçando? — berrou o filho do chefe, vermelho de ira

— Não. Estou apenas prevenindo. Porque você não soube conter o despeito. Se Alice passou o dia comigo em lugar de ir com você, foi porque achou isto mais agradável e acho que ela tem razão.

Atílio, que já estava cheio de raiva, atirou-se sobre Egbert, tentando jogá-lo ao chão. Mas Egbert respondeu-lhe com alguns socos que lhe acertaram o rosto, fazendoo sangrar. Alice, as duas outras moças e o rapaz meteram-se no meio dos dois, para separá-los, gritando. Mas não puderam evitar que Atílio levasse um violento soco nos queixos que o derrubou pela segunda vez.

Levantando-se a custo, cambaleante, tonto, o filho do chefe cuspiu um dente partido e muito sangue. Depois, que o derrubou pela segunda vez, olhando furiosamente para Egbert, que estava seguro pelos outros, disse:

— Selvagem, vagabundo... Eu sei de algumas coisas...
Você vai ver o que o espera...

E saiu violentamente, correndo para a margem.

O rapaz e as duas moças olharam para Egbert com desprezo e ameaça, mas nada disseram. Seguiram atrás de Atílio. Alice que se demorou mais um pouco, apertou-lhe a mão com calor e disse:

— Até logo, Egbert. Voltarei para conversarmos...

UM CRIME SE COMETEU AQUI

Os dias que se seguiram àquela visita, foram para Egbert bem diferentes de todos os que ele estava acostumado a viver no seu sossegado retiro. Passou a barbear-se diariamente. Foi à cidade próxima para cortar os cabelos. Não deixou de ter mais sobre a mesa o velho vaso com flores. Fazia o seu serviço com maior entusiasmo e não mecanicamente, como antes. Durante as horas de folga surpreendia-se pensando em coisas que antes nunca lhe haviam preocupado o espírito. Começava a pensar que seria bom se arranjasse um lugar melhor na empresa. Um lugar de futuro, deixando a solidão em que até então vivera. Aquela alegria sem motivo, que ele não queria analisar, era nada menos que amor. Egbert estava amando Alice, a morena que viera quebrar o encanto da sua solidão. Muitas vezes parava na porta da cozinha, encostado ao batente, pensando em como Alice, naquele domingo, trabalhara ágil e alegremente diante do pequeno fogão. Via a sua cabeleira preta agitar-se quando ela sacudia a cabeça. Via suas pequenas mãos buliçosas remexendo no armário. Sentado à mesa, olhava para o lugar vazio em frente, e imaginava-a ali, sentada, servindo, os pratos, deitando água da jarra de vidro. E lá fora, na plataforma, quando pescava, parecia-lhe que Alice estava ainda sentada, naquele caixote, olhando para o horizonte. Amor! Isto era, positivamente amor! Embora não o confessasse a si mesmo, Egbert sentia-o.

Passou-se a semana. No domingo seguinte, pelas nove horas da manhã, um rapaz e uma moça atravessaram o grande portão e desceram pelo talude, pulando logo para a plataforma da casa flutuante. Eram Alice e Atílio.

— Não sei o que você quer vir fazer aqui, Alice.

— Eu gosto desta casinha, Atílio. Isto é muito bonito, muito agradável...

— Por que não fica morando aqui?

— E por que não? Quem é que ia se opor? Você?...

A discussão podia se azedar, mas Alice saiu correndo para o lado da casa, enquanto chamava:

— Egbert!... Egbert!...

Como nenhuma voz lhe respondesse, entrou pela casa, que estava aberta e procurou o rapaz por todos os cantos, sempre chamando.

Depois voltou:

— Quem sabe se foi à cidade.

— Eu telefonei dizendo que vinha. Ele garantiu que não sairia de casa.

— Talvez esteja andando pela represa, no bote.

Alice foi até ao ponto da plataforma onde o bote ficava amarrado. Lá estava ele, ao lado da pequena lancha a gasolina.

— Não. Na represa ele não está. Vamos ver.

Os dois percorreram, em seguida, os arredores, examinando todos os lugares onde ele poderia estar, sem, no entanto, encontrá-lo.

— Deve ter saído, apesar do que lhe disse.

— Se tivesse saído para longe, teria fechado a casa.

— Então vamos esperá-lo.

Atílio pegou na vara de pescar, nas iscas e se foi para a beira da plataforma. Alice ficou andando. Deu uma arrumação na casa e remexeu tudo.

Duas horas mais tarde, ela começou a ficar inquieta. Andava para um lado e para outro, nervosamente, com um mau pressentimento roendo-lhe o coração, e dizia a todo momento:

— Isto é estranho! É muito estranho! Onde andará Egbert?

— Ora — respondia Atílio — Anda por aí. Não se preocupe...

— Não é possível. Ele sabia que eu vinha. Não podia ter desaparecido assim. Estou certa de que aconteceu alguma coisa.

— Você disse-lhe que viria sozinha?

— Não. Disse que viria com você. Ele ficou de esperar.

— Ora... você bem sabe que Egbert é uma espécie de selvagem, que não quer ser aborrecido por ninguém. Justamente porque sabia que viríamos é que resolveu desaparecer. Está só esperando que a gente se vá embora, para aparecer de novo.

— Você está muito enganado. Ele não é um selvagem. O que precisa é que o compreendam. Nada mais.

— Bem sei... e sei, também, pelo que vejo, que vocês dois se compreenderam...

— E compreendemos mesmo. Que tem isso?

Depois de dizer estas palavras de modo ríspido, Alice deixou Atílio na varanda da casa e começou a andar, de um lado para outro.

Assim foi até ao pequeno telheiro que havia, na extremidade da grande plataforma, uma espécie de abrigo para pesca em dias de calor excessivo ou de chuva. Ela estava quase chorando, de tal modo era opressivo o pressentimento que a afligia. Encostou-se ao esteio e, de repente, gritou:

—Atílio! Venha aqui, depressa!

O rapaz foi correndo para o seu lado, e viu-a muito pálida, . encostada ao esteio, e com o braço estendido para alguma coisa, no chão. Olhou. Ali estava uma grande mancha de sangue coagulado, e, ao lado dela, uma das botas de cano curto que Egbert usava.

Alice, com a boca entreaberta, os olhos arregalados, muito pálida, estava imóvel, e de repente, começou a soluçar.

—Deixe de chorar à toa, Alice. Que é que está pensando? Esse sangue pode não ser dele, pode ser de um peixe que ele acabou de matar aqui porque havia de ser dele?

— É inútil, Atílio. Eu sei que lhe aconteceu alguma desgraça!

— Não seja bobinha. Ele sabe muito bem se defender...

— E essa bota? Essa bota?

Mas você não pensa que ele tenha um único par de botas...

—Não, Atílio. Eu sei que alguma desgraça se passou aqui. Telefone para seu pai. Conte-lhe. Que chame a polícia... Vamos!

Alice correu para a casa e Atílio foi atrás dela. Não teve outro remédio senão ligar o telefone para seu pai. Contou-lhe o que estava ocorrendo, e o engenheiro McKlark prometeu providenciar imediatamente.

Alice, desesperada, sentou-se, aflita, e fazendo um esforço enorme para não chorar. De vez em quando, murmurava:

— Mataram-no... mataram-no... Por que?

— Mas deixe de ser boba; Alice! Que mataram nada! Eu sei, Atílio... Sei que o mataram...

Depois de alguns momentos de discussão, Atílio deixou a moça na sala e foi sentar-se fora, na varanda.

Decorrera menos de uma hora, quando se ouviram as sirenes dos carros policiais. Correndo para frente da casa eles viram, por cima do barranco, dois carros se aproximarem. Não pararam no portão, onde se encontrava estacionado o carro de Atílio, mas passaram, vindo se deter na descida do talude, em frente à casa.

Do primeiro saltaram o engenheiro McKlark, Morris, Cross e mais um policial. Do segundo desceram mais quatro homens, um carregando máquina fotográfica, outro, uma valise.

McKlark correu para os dois moços, seguido pelos policiais.

— Então? Que é que aconteceu?

— Não sabemos — respondeu Alice. Estamos aqui desde cedinho. Eu combinei com Egbert, na 5.a-feira, que viríamos visitá-lo hoje. Ele prometeu que esperaria. Mas desapareceu... E lá debaixo do galpãozinho está uma das botas dele, perto de uma grande mancha de sangue...

— Vamos lá. Não se desespere, por enquanto. Não se pode dizer nada. Vamos ver primeiro.

Dirigiram-se para a beira da plataforma, onde havia o pequeno abrigo. Lá estava a bote a grande mancha de sangue, Morris e seu ajudante debruçaram-se, examinando o vestígio.

— Não tem dúvida, — disse o chefe — é sangue

Dick Peter, que viera também, e ficara no carro por último, aproximou-se, espiou por cima dos dois policiais que estavam debruçados e disse:

— É sangue, Morris. Mas isto é um abrigo para pescaria. Ele podia ter tirado um peixe dos grandes e podia tê-lo morto aqui, com uma faca...

— É o que eu digo! — exclamou Atílio.

— Quem é o senhor? — perguntou Dick Peter.

— É o meu filho Atílio — disse McKlark.

— E o que é que dizia, então, sr. Atílio?

— Eu disse a Alice justamente o que o senhor acabou de dizer agora: que essa mancha de sangue podia muito bem ser de algum peixe que Egbert esquartejou aí.

— Que lhe parece, Dick? perguntou Morris.

— Que é que se vai dizer com tão pouco, Morris? Temos três coisas, e cada uma delas, por si só, nada fala de mal. O desaparecimento de Egbert — se é que ele desapareceu. A mancha de sangue, se é que se trata de sangue humano. E a bota. Como é que se pode dizer que Egbert desapareceu?

— Eu lhe afirmo que sim, e que lhe aconteceu alguma coisa má — disse a moça.

— Essa é a cisma dela — ajuntou Atílio. — Viemos para cá ainda não eram nove horas, e ele não estava. São quase duas horas da tarde, e ele ainda não apareceu. Mas não quer dizer que o tenham matado... para mim ele está escondido por aí...

— E por que se havia de esconder, Atílio?

— Porque Egbert é um sujeito meio selvagem. Não gosta de gente, não gosta de receber visitas. Não gosta de conversar. Para mim, ele fugiu. Simplesmente...

— Estou certa de que não fugiu e de que lhe aconteceu alguma coisa. Se não está aqui conosco, é porque isso se tornou impossível!

Atílio deu uma risada, e o seu pai veio dar opinião:

— Realmente, esse moço é meio esquisito. Eu mesmo o tenho observado por várias vezes e me admiro

— Admira-se com o que, sr. McKlark?

— Com o jeito dele. Naquela idade... Gosta de solidão. Já lhe ofereci lugares melhores, porque é um bom empregado e tem cultura, mas não aceita nada. Quer ficar aqui, sozinho, isolado e nem aceita o ajudante a que tem direito...

— É louco! — disse Atílio.

— Não. Isso não pode ser. É correto, cumpridor de seus deveres, e há mais: não acredito que abandonasse o seu posto unicamente para não encontrar com vocês dois...

— Tem razão, Sr. McKlark — opinou Dick Peter— Sabe de uma coisa, Morris? Acredito no que diz Alice.

— Ora essa! Por que?

— Porque ela tem um sentido que nós não temos e é capaz de perceber coisas que nos passam despercebidas. As mulheres são mais perspicazes... especialmente certos casos... acrescentou ele, encarando intencionalmente a moça. Alice ruborizou-se um pouco e declarou firme:

— É verdade que gosto dele. E agradeço-lhe a confiança em mim, Sr. Dick Peter. Há de ver que, infelizmente, tenho razão. Sinto que alguma desgraça aconteceu a Egbert.

— Muito bem. Acredito, Alice. Mas, como precisamos pisar em terreno um pouco mais seguro, peço-lhe que me diga: porque julga que lhe aconteceu alguma desgraça? Em que se baseia?

Alice ficou um pouco perturbada, e Atílio é que falou:

— Dê licença para uma hipótese. Vamos supor que Egbert estivesse pescando aí. Teria tirado as botas, para ficar mais à vontade. Quem sabe se pescava para o nosso almoço... Pegou um peixe grande. Colocou-o aí em cima e tirou a faca para matá-lo. Feriu-o, mas o peixe pulou, e Egbert, atrapalhando-se, pode ter caído na água. Na queda, teria arrastado a outra bota, o balde de peixes e a vara.

— Uma boa hipótese, disse Morris. Vou mandar sondar o fundo da represa. Tem aparelhamento para isso, Sr. McKlark?

— Tenho. Vou dar ordens. Temos escafandristas.

O engenheiro retirou-se, para a casa, a fim de telefonar, e Alice ficou dizendo:

— Não, não creio em acidentes... Isso seria estúpido para um homem como Egbert. Conheço-o há pouco tempo, mas acho que esse gênio retraído e esquisito, é porque tem inimigos, por que sofreu alguma injustiça muito grande e deseja afastar-se de todos. Por que viria ele se esconder neste fim de mundo, longe de qualquer pessoa, se não tivesse um motivo sério?

— Quer dizer então, Alice, que Egbert teria cometido alguma ação que o colocou fora da lei, ou lhe conquistou terríveis inimigos?

— Não! Egbert seria incapaz de cometer ação criminosa! Mas é um solitário, e muito altivo. É o tipo do homem que arranja sempre inimigos rancorosos. Ou quem sabe se algum colega, receoso de vir a ser substituído por ele... porque ele estava a mudar de lugar e progredir.

— É verdade — disse o engenheiro-chefe, que voltara. — Ele me disse que iria conversar na próxima folga, para falarmos sobre novo posto.

Dick Peter, depois de ouvir tudo silenciosamente, refletindo, virou-se para Morris:

— Morris. Não tenha dúvida. Ponha a sua gente a trabalhar, porque um crime se cometeu neste lugar...

EGBERT COMPROU UMA CAIXA DE BALAS

Morris não hesitou, mesmo porque essa era a sua opinião desde o primeiro momento. Pôs o pessoal a trabalhar. Foram batidas várias chapas da mancha de sangue com a bota ao lado. Depois, com uma faca, rasparam o sangue coagulado, que se transformou em pó, logo cuidadosamente guardado num envelope, para o exame de laboratório. Precisavam saber se se tratava de sangue humano ou animal.

Cross e os outros fizeram uma revista na casa toda. Verificaram o que existia no guarda-roupa, e parecia que o moço não se preparara para sair. Se tivesse saído, fora com as roupas que costumava usar em serviço, e...
com um pé de bota apenas o que era pouco aceitável.

Alguns dos policiais se espalharam pelos arredores, a fim de colher indícios da passagem de Egbert, ou falar com alguém que o tivesse visto. Mas aquilo era muito deserto. Ninguém morava nas redondezas, e seria dificílimo colher qualquer informação.

No entanto, Dick e Morris, sentados na plataforma, no lugar onde Egbert costumava pescar, esperavam que chegasse o barco de sondagem.

— Com certeza ele está aí no fundo da água... Deram-lhe alguma facada e atiraram-no para baixo.

— Talvez, Morris. Mas você sabe que as coisas, quando são simples, se apresentam claras, e a gente tem um certo instinto que indica quando vai haver dificuldade.

— E você pensa que haverá dificuldade, Dick?

— É o que me parece. Mas não passa de um pressentimento.

Viram que Alice se aproximava, e calaram-se. Alice estava aflita.

— Acha que ele morreu? — perguntou ela, sufocando um soluço.

— Não se pode saber, Alice. Mas, seja como for, você precisa saber se dominar. Que adianta desesperar-se? Isso não vai modificar em nada os acontecimentos. Mas, se quer que lhe diga o que penso, não acredito que aquele sangue seja de Egbert. Por que havia de ser?

— Bem... não... não sei. É um pressentimento.

— A princípio, acreditei nos seus pressentimentos, mas refletindo, vi que não há meio de se acreditar nisso. Por que haviam de matá-lo, se Egbert era um rapaz quieto, sossegado, que não se metia com ninguém?

— Mas ele tinha-se modificado, nestes últimos dias.

— Modificado? Como? Por que não nos conta logo tudo o que sabe, senhorita? Se contar, poderá nos auxiliar muito e poderá fazer com que achemos logo a solução deste mistério...

— Mas é uma coisa sem importância...

— Conte. Veremos.

— Pois bem, é isto: No domingo passado, eu vim para cá, com vários companheiros, e também com Atílio, o filho do engenheiro-chefe. Aliás, foi ele quem nos convidou. Atílio é meu noivo, sabe? Bom. Viemos para fazer um piquenique, mas eu não tive vontade de andar. Preferi ficar aqui em companhia de Egbert, porque achei que ele era um tipo de homem esquisito, o mais esquisito que já encontrara. E, assim, fiquei. Conversamos, fizemos camaradagem, almoçamos juntos, e, quando os nossos companheiros vieram, encontraram-nos verdadeiramente amigos. Atílio já vinha zangado porque eu não fora com eles. Disse a Egbert algumas coisas pesadas, e acabaram brigando. Egbert deu-lhe um soco no rosto que lhe partiu um dente... Foi só isso…

— Ah, ouviu a história, Morris?

— Ouvi. É muito importante isso. Esse Atílio era capaz de fazer alguma tolice.

— Por Deus! Não diga semelhante coisa! — exclamou Alice. — Atílio seria incapaz de fazer qualquer mal a Egbert. Nem se importou mais com o caso. Foi só naquele momento, quando estava zangado. Mas ele não teria coragem para tirar uma vingança de Egbert... ainda mais uma vingança sangrenta... Não! Não!

— Está bem. E Atílio não disse nada, depois da cena de pugilato?

— Disse, sim, naturalmente. Estava louco de ódio. Ameaçou...

— Ameaçou? disse Morris E que ameaças fez ele?

— Ora... Nem sei. Disse que Egbert ia ver o que lhe aconteceria... Mas eu conheço Atílio! Isso não passou desse momento.

— Está bem, Alice. Não se preocupe mais com isso. Fique certa de que saberemos ver quem é o culpado, e se Atílio não tiver culpa alguma, não será punido. Pode ir descansada.

Nesse momento, chegou a lancha de sondagem, e, pouco depois deteve-se diante do ponto da plataforma onde estava o rancho de pesca.

— Que é aquilo? — perguntou Alice.

— Vão sondar o fundo do lago — respondeu Morris. — Acham que ele está no fundo?

— Não sabemos nada, por enquanto. E por isso mesmo não podemos deixar de tentar todos os meios. Quem sabe se não caiu, como previu Atílio?

Alice correu para baixo do rancho, ao mesmo tempo em que o escafandrista, provido de seu grande capacete de cobre com o olho de vidro, começava a descer para a água. Perto da moça foi se colocar o engenheiro McKlark, que procurava distraí-la.

— Estou pensando numa coisa, Morris — disse Dick Peter. — Acho que vou até à cidadezinha, para saber notícias de Egbert, se esteve lá, o que andou fazendo nestes dias... E, também, quero saber alguma coisa sobre a família dele. Deve ter família...

É uma boa ideia, Dick. Talvez por esse lado se chegue a algum resultado mais prático. Você mesmo vai?

— Vou, sim. Enquanto você fica aí cuidando desse pessoal, eu vou dar um pulo já. Não é longe.

Dick rodeou a casa, e encontrou-se com Atílio, que vinha vindo para acompanhar o trabalho de sondagem do lago.

— Um momento, Atílio. É verdade que você teve uma briga com Egbert?

— É sim. Brigamos, e ele deu-me um valente soco nos queixos.

— Foi no domingo passado, isso?

— Foi.

— E desde então, não o viu mais?

— Não. Nem tinha vontade alguma de vê-lo.

— Porque veio aqui hoje, então?

— Alice teimou tanto, que vim acompanhá-la. Francamente, não tenho nenhum desejo de vê-la a sós com esse rapaz.

— Por que? Parece-lhe que ele é perverso? — Não sei. Não gostei dele... um anormal. Acha que um homem normal foge de todos como ele fugia? Para mim, estava se escondendo da justiça.

— Por que diz isso? Sabe de alguma coisa? — Não... Nada positivo. Mas ouvi ruídos na cidade Há qualquer coisa ligada à morte do pai dele. Mas não sei o que é.

— Quem é que lhe falou nisso?

— Foi um vendeiro da cidade. O primeiro à esquerda, logo à entrada da cidade de lá para cá. Na minha opinião, Egbert é um desses camaradas que se exaltam à toa e estão sempre prontos para brigar.

— Pode ser. Sabe se ele tem família?

— Tem. Parece-me que tem mãe e duas irmãs.

— Onde moram?

— Aí pelas redondezas, não sei onde.

— Está bem. Obrigado pelas suas informações. Sabe? Acho conveniente levar Alice para casa. É possível que façamos alguma descoberta no lago que não lhe agrade... Ela estava gostando desse rapaz, não?

— Estava, sim. Um caso típico de amor à primeira vista...

— E você?

— Bem, eu não estava gostando nada. Pretendo me casar com ela. . .

— Veja, então, se a leva. Aproveitarei o seu carro até a vila próxima.

Atílio foi para o rancho, onde Alice, seu pai, Morris e mais algumas pessoas estavam, acompanhando os trabalhos da sondagem. Parece que custou a convencer Alice a se retirar, mas afinal, trouxe-a, em companhia do engenheiro. E alguns minutos depois, o carro de Atílio conduzia Alice, que ia na frente com ele e mais o engenheiro McKlark e Dick Peter que iam atrás, conversando.

— A sua opinião sobre Egbert é boa, não McKlark?

— A melhor possível. Sempre o considerei um excelente rapaz, e estava disposto a auxiliá-lo.

— Sabe alguma coisa a respeito da família dele?

— Não. Não sei nada.

— Como é que lhe deu emprego?

— Ele me apareceu um dia, pedindo um lugar, de preferência na represa, como guarda, ou vigia. Parecia um lavrador, mas tinha, evidentemente, uma certa educação. Simpatizei muito com ele, e dei-lhe o lugar. Isto há quatro anos! Desde então, não tive o mínimo aborrecimento com ele, e isto é uma coisa rara.

— Conversou com Egbert muitas vezes?

— Muitas. A minha opinião sempre confirmou.

— Não lhe pareceu impulsivo?

— Não. Mas estou certo de que é um rapaz de grande caráter, altivo e que não se curvaria facilmente diante de ninguém.

— Está bem. Obrigado, sr. McKlark. Eu vou descer aqui. Até logo, moços. Obrigado por tudo. E você fique descansada, Alice. De qualquer modo, acumule coragem para o que puder acontecer...

Dick Peter ficou na cidadezinha e foi ao primeiro armazém. O proprietário, um sírio de longos bigodes, estava encostado ao balcão, olhando filosoficamente para um monte de caixas de leite em pó. Dick chegouse a ele.

— Tem linha e anzóis?

— Tenho. Vai pescar?

— Vou. Quero ver se tiro alguns peixes.

— Ah... desista! Não gaste à toa o seu dinheiro.

— Por que não dá nada ali?

— Dar dá, até demais. Mas é proibido.

— Ora... a gente dá um jeito.

— Um jeito? Com Egbert? Desista. Ele não é para brincadeira.

— Mas passando-lhe uns cobres, hein?

— Com aquele, uns cobres não adiantam alguma. Outro dia ele fez um sujeito sair de lá correndo como um veado. E tem metido o braço em alguns mais atrevidos. Não se meta com ele, não.

— Então é um camarada de maus bofes?

— Não. É correto, e quer as coisas às direitas. Se quer o meu conselho, faça como deve ser... Vá ao escritório da empresa e peça uma ordem. Então, tudo correrá bem. Ele até o ajudará.

— Ora deixe disso. Vou lá, e quero ver quem me impede...

— No seu lugar eu não iria. Ainda na sexta-feira, à tarde ele veio aqui comprar uma caixa de balas de revólver... E não vinha com cara de santo, não.

— Está bem. Deixe por minha conta. Embrulhe a linha e os anzóis. Vou indo...

O sírio não discutiu mais. Embrulhou as compras, e Dick Peter saiu. Ia dirigir-se a outra venda, quando viu o carro de Morris que vinha vindo, logo seguido pelo outro. Fê-lo parar.

— Olá, Morris. Já vão?

— Já. Está ficando tarde. Deixei lá o Cross com dois homens.

— Qual foi o resultado da sondagem?

— Pouca coisa. Um paletó de brim claro. Parece que estava na água há pouco tempo.

— Pode ser que sirva...

— E você, por aqui, conseguiu algo?

— Sim... um pouco. Egbert esperava qualquer coisa. Veio comprar balas para o revólver na tarde de sexta-feira.

— É, então, previa qualquer acontecimento. Vem conosco?

— Não. Vou ficando por aqui mais um pouco. Quero fazer umas perguntas a esta gente.

— Está bem. Amanhã estarei de volta. Até amanhã, Dick.

— Até amanhã.

Os dois carros prosseguiram, desaparecendo pouco adiante na curva da estrada.

ONDE ESTÃO OS DOCUMENTOS DA MINA DE PRATA?

Depois do desaparecimento dos carros, dirigiu-se à outra venda, quase no fim da rua. Era mais botequim do que venda, com uma primitiva instalação para refeições avulsas. As prateleiras estavam muito bem providas de bebidas de todo o gênero.

O homem serviu o whisky que Dick Peter pediu e ficou ali, olhando. Enquanto bebia, perguntou, como quem não tem nada mais que fazer:

— Qual é o caminho para a Represa?

— Não tem que errar, é sempre essa em frente.

— O sr. Egbert estará lá agora?

— Deve estar. Ele não sai.

— Eu devia ter vindo, com uns amigos, para passarmos o "Weekend" com o Egbert. Mas não pude. Só cheguei agora. Será que os meus companheiros já estão lá?

— Eles vieram ontem ou anteontem?

— Deviam ter vindo. Assim tínhamos combinado.

— Espere. Seriam três homens, dois de cinza e um de azul marinho?

— Não sei com que roupa vieram. Mas eram três.

— Um já de certa idade, e os outros dois mais moços...

— Isso mesmo! Vieram?

— Vieram, sim, anteontem à tardinha. Ainda desceram do carro aqui, para me perguntar o caminho e tomaram uns tragos.

— Sabe se a mãe do Egbert mora com ele lá na Represa? Há quanto tempo não a vejo!

— A mãe dele? Não mora lá, não! A mãe mora com as duas filhas, lá para os lados de Blue Mountain.

Parece que têm uma fazendinha lá.

— Pobre D. Catarina! Deve estar velha!

— Quem é dona Catarina?

— A mãe do Egbert.

— Ela não se chama Catarina!

— Como não? Catarina, sim, senhor!

— Catarina, nada! Chama-se... espere... que diabo!..

— É Catarina, homem!

E ele teimando! Será possível! Não é Catarina, coisa nenhuma! Eu a conheço desde tempo em que tinham um sítio ali no vale onde fizeram a represa! Ah lembrei-me! Chama-se Ernestina! Ernestina!

— Ora! disse Dick Peter dando uma palmada balcão.
— É isso mesmo! Ernestina! Tem razão! Eles ficaram na miséria, não? Eu não vi mais ninguém, desde que começaram a falar na represa. O velho ficou triste, não?

— Foi uma tragédia! Nunca vi ninguém ter tanto amor à sua terra e à sua casa como aquele velho Daniel... Que coisa!... A ponto de se deixar morrer daquele jeito!

— Como é que ele morreu? Eu não soube.

— Foi uma coisa muito falada! Ninguém pode esquecer... O velho teimou em ficar na casa até o fim. Não quis entregar a terra. Ele e o filho, o Egbert. Ficaram, depois de ter a terra sido desapropriada, depois de as águas já terem invadido o vale, quando a barragem estava pronta. Um dia, a casa já estava dentro da água, Egbert saiu para fazer umas compras, e, quando voltou, não encontrou nem a casa, nem o pai, nem nada mais. Dizem até que desapareceram os documentos de uma mina que o velho possuía não sei onde...

— Sei, sei. Ele falava de vez em quando numas minas de cobre,

— Não era cobre, era prata.

— Prata? Parece que é isso mesmo.... Deve ser, sim. Pobre velha, como deve ter sofrido! Sabe de uma coisa? Vou fazer-lhe uma visita. Onde é que ela está, mesmo?

— Comprou uma fazendinha em Blue Mountain com o dinheiro da desapropriação das terras do vale.

— É longe daqui?

— Uns trinta quilômetros, no máximo.

— Hei de ir até lá. Muito obrigado por tudo.

— Não tem de que. Boa viagem.

Estava escurecendo. Dick bateu a pé até à represa, e quando chegou à casa flutuante eram quase sete horas.

Cross e os dois policiais estavam sentados na varanda da frente, mastigando sanduíches que eles mesmos haviam preparado. Ao ver o detetive, Cross perguntou:

— Então? Conseguiu alguma coisa, sr. Dick Peter?

— Consegui saber que este negócio é intrincadíssimo, Cross! Há atrás disto uma complicada história de casa desaparecida, de documentos de mina... Um mistério tenebroso que temos de resolver.

— Não me diga!

— É verdade. Mais tarde saberemos de tudo com detalhes. Por agora, vou lhe contar o que soube.

Dick contou, resumidamente, a história três homens que tinham vindo, do velho desaparecera com a casa, e dos documentos referentes à mina de prata.

Conversaram até tarde, quando se foram deitar .

Na manhã seguinte, muito cedo, Dick Peter já estava de pé, andando de um lado para o outro, dentro da casa.

Preocupava-o o fato de ter ido Egbert comprar balas. Aquilo podia ser uma coisa comum, de rotina. Mas também podia ter sido um fato forçado. E, depois, o sírio dissera que ele estava com cara de poucos amigos... Teria Egbert recebido, na sexta-feira, alguma notícia desagradável? Se assim fosse, talvez houvesse vestígio... uma carta ou qualquer coisa... Ou teria ele recebido a notícia pelo telefone?

Sentou-se na única poltrona de couro, para refletir, e, por acaso, enfiou a mão entre a uma almofada do assento e o encosto. Seus dedos deram com alguma coisa rija, que pegou. Era um chaveiro de couro, contendo cinco chaves. Três, comuns, de portas. Uma pequena, provavelmente de um arquivo, ou móvel de aço e a quinta era uma chave Yale, numerada, número 11.397. Dick examinou detidamente o seu achado. Que seria aquilo? Aquelas chaves pertenceriam a Egbert?

Dick tinha o pressentimento de que elas abririam a porta do mistério, até então fechada diante de seu espírito conturbado.

Infelizmente, não seria possível encontrar impressões digitais naquele, por isso, o porta-chaves não diria o nome do seu proprietário.

Dick levantou-se e experimentou as chaves em todas as portas da casa. Nenhuma servia. Portanto, aquele chaveiro não pertencia a Egbert, mas a alguém que estivera sentado na poltrona, quem sabe se um ou dois dias antes.

— Agora, tenho alguma coisa palpável na mão — dizia ele para si mesmo — alguma coisa mais positiva do que uma bota desparelhada e uma mancha de sangue.

Nesse momento, a voz de Cross chamou de lá da cozinha:

— Sr. Dick Peter... um cafezinho? Está pronto!

— Ótimo, Cross! É uma grande notícia! Já vou indo!

Cross revelava-se um bom copeiro, porque a mesa estava posta com brilho, e bem servida com o que ele pode encontrar. Dick fez a sua primeira refeição calmamente. Depois, colocou o chaveiro na mão de Cross, e perguntou:

— Que lhe sugere isto, Cross?

— Ué... um chaveiro! Onde o encontrou?

— Na poltrona de couro lá da sala.

— Quem o teria deixado lá?

— Quando o soubermos, nós teremos, talvez, progredido muito.

— E como é que se vai saber?

— Possivelmente, por esta chave Yale, numerada. Vou já para Nova York, e se conseguir rastrear esta chave, teremos novidades dentro me pouco...

— Vai a Nova York, então?

— Vou. Mas antes disso, quero ir a um sítio, em Blue Mountain, a 30 quilómetros daqui. Farei uma visita à mãe de Egbert, para ver se esclareço alguns pontos obscuros de uma história já passada. Alugarei um carro na cidadezinha, se puder.

Enquanto caminhava para a cidade vizinha, Dick Peter ia pensando nas circunstâncias que envolviam a morte do Velho Daniel, o pai de Egbert. Havia duas coisas que davam o que pensar nessa morte, Primeiro, o tal documento sobre a mina de prata. Ter-se-ia perdido realmente? Segundo, o modo estranho pelo qual a casa desaparecera. Todos sabem muito bem que uma casa mergulhada numa enchente pode ser muito danificada, mas dificilmente desaparecerá, como se dizia que desaparecera aquela. Isto é, não pode desaparecer assim, de repente, estando mergulhada em águas tranquilas.

Mesmo que esteja coberta de água, resistirá durante muitos meses. Para que a casa fosse destruída totalmente, a ponto de desaparecer, seria preciso que as águas se agitassem violentamente, como ondas do mar, enxurrada, ou corrente impetuosa — o que não acontece naquele caso.

Chegou à cidade sem mesmo sentir, e dirigiu-se ao botequim onde obtivera as informações que tanto o preocupavam agora.

A notícia do desaparecimento de Egbert já havia chegado ali, e o homem sabia que a polícia andava trabalhando.

— Então o que é que houve lá na Represa? Ouvi dizer que o rapaz desapareceu...

— É verdade. Mas nada se sabe de positivo, por enquanto. Pode ser que ele ande por aí... Sabe? eu desejava alugar um carro para ir até Blue Mountain, conversar com a dona Ernestina. Quem é que me poderia alugar um?

— Eu mesmo.... diga-me uma coisa. Prometo guardar segredo... O senhor é da polícia, não é?

— Quase acertou. Não sou da polícia oficialmente, mas trabalho para ela. Peço-lhe, porém, que não diga isto a ninguém, porque pode atrapalhar...

— Mas o Egbert morreu?

— Não se sabe nada, por enquanto. Estamos investigando. Eu vou procurar a família dele justamente para ver se consigo algumas Informações. Onde posso arranjar um carro?

— Pode levar o meu. É esse fordeco, velho, mas leva-me a qualquer lugar.

— Isso é o que eu quero. É esse que está aí na frente?

— É. Pode levá-lo.

— Obrigado. Olhe, se souber de qualquer coisa que possa ajudar, não se esqueça de me contar. Saberemos apreciar o seu auxílio. Aqueles três rapazes, por exemplo, que foram visitar o Egbert, são suspeitos. Eu nunca ouvi falar neles. O senhor conhece-os?

— Eu não... Não são seus amigos?

— Não. Mas queria bem encontrá-los agora... Que vieram fazer aqui? Quem eram eles? Costumavam vir, ou foi a primeira vez?

— Eu nunca os vi por aqui, não senhor. Foi a primeira vez.

— Se o senhor pudesse reconhecê-los...

— Talvez possa. Mas onde estão?

— Pode ser que voltem por aqui. Se voltarem, faça o favor de se comunicar imediatamente com a Chefatura de Polícia de Nova York. Fará isso?

— Naturalmente! Com todo o gosto!

— Está bem. Obrigado. Vou chegar até Blue Mountain. Qual é a estrada?

— É essa à direita. Não tem que errar. Se duvidar em qualquer cruzamento, pergunte.

Dick Peter pisou o fordinho, que saiu correndo.

NA PISTA DA CHAVE YALE 11.397

A mãe, as duas irmãs e o irmão menor de Egbert viviam numa bem tratada fazendinha, em Blue Mountain. Dick achou a propriedade. Nem deu muito trabalho, e foi encontrar lá na residência apenas a irmã mais velha do moço. O rapaz estava na escola e a outra irmã saíra na "charrete" com a velha, para fazer uma visita. Hellen recebeu-o com cordialidade.

— Eu venho da Represa...

— Ah. Como está meu irmão?

— Não sabemos, é justamente por isso que venho aqui.

— Aconteceu alguma coisa? — perguntou Hellen, aflita.

— Acredito que sim. Mas a senhorita não deve se impressionar, pois nem sabemos nada. Estamos, por enquanto, apenas investigando... Hellen era uma moça realmente forte, porque, embora impressionada e, decerto, prevendo que acontecera alguma catástrofe, dominou-se rapidamente, dizendo:

— Compreendo. Pode dizer o que deseja sr. Dick Peter. Procurarei auxiliar do melhor modo que possa. Felizmente, mamãe não está aqui...

— Sabe se Egbert tinha algum inimigo... inimigo sério?

Creio que sim. Desde a morte de papai. Egbert estava com uma ideia fixa: pegar o homem que destruiu a nossa casa.

— Mas a casa foi destruída? Não foi a água que a levou?

— Não. Egbert descobriu isso mais tarde. A casa foi dinamitada enquanto ele estava fora. E o homem que a dinamitou levou os documentos sobre a mina de prata.

— Como é que Egbert soube disso?

— Ele mergulhou várias vezes no local da casa, justamente para retirar o cadáver de meu pai, e para recuperar o baú de folha onde estavam guardados o mapa e os documentos.

— E o que encontrou?

— Ele e um companheiro trabalharam vários dias, tiraram o cadáver e o baú. Mas o baú estava vazio, e arrombado. Egbert disse-me, também, que encontrou todos os vestígios de explosão. A casa foi dinamitada. Decerto, o sujeito entrou, roubou o documento e deixou a bomba, que explodiu quando ele já se encontrava longe.

— E por que seu irmão não comunicou o fato à polícia?

— Achou que não valia a pena. Disse que ele sozinho saberia encontrar o homem, e havia de vingar a morte de papai...

— Errado! Aí temos o resultado agora...

— Que pensa que aconteceu?

— Não sei. Mas é possível que Egbert tivesse realmente encontrado o homem, mas as coisas devem ter corrido ao contrário do que ele esperava.

— Quer dizer que foi... assassinado?

— Não sabemos ainda, senhorita. Mas havemos de sabê-lo em breve. Egbert disse-lhe alguma vez o nome do homem que dinamitou a casa?

—Não. Creio que ele também não lhe sabia o nome...
— Como é que esperava encontrá-lo então?

— Ele suspeitava que fosse um dinamarquês que andava atrás de papai para que lhe vendesse a mina... Mas não se pode afirmar que seja mesmo.

— Mas... acredita que meu irmão tenha morrido?

— Para lhe ser franco, pode ser que tenha morrido. Mas só poderemos ter certeza depois de encontrar o seu corpo. No fundo da represa, ele não está.

Hellen estava preocupadíssima, mas era moça de espírito forte e prático, e não se lamentaria à toa.

— Sr. Dick Peter. Peco-lhe que não fale com minha mãe sobre este assunto, nem com minha irmã menor. Se souber de alguma coisa avise-me pessoalmente, por favor. Eles não saberiam se controlar. E de qualquer coisa que necessite, disponha, que estarei às suas ordens.

— Muito obrigado, senhorita Hellen. E agora vou indo. Tenho o que fazer na cidade. Qual é a estrada mais curta?

— É essa em frente. A estrada de Nova York fica a uns cinco quilômetros.

Dick Peter partiu. Levava, agora, no espírito, mais alguns elementos, que poderiam se tornar importantíssimos. Pelo menos, sabia que existia um motivo para que Egbert comprasse balas, e que havia um homem de quem ele desejava tirar uma vingança. As balas compradas na sexta-feira ligavam-se à visita dos três homens?

E seria algum desses três o tal dinamarquês da mina? Eis algumas perguntas que talvez ainda encontrassem resposta, e, se a encontrassem, decerto com ela viria a explicação de algum mistério, que então deixaria de ser mistério...

Mas, se as balas que Egbert comprara se destinavam aos seus visitantes, é porque ele sabia da visita... E como o saberia? Telefonema, ou carta?

Agora, Dick Peter ia se dar ao trabalho de descobrir a pista da chave Yale. Chegaria a algum resultado?

Chegando à cidade, dirigiu-se imediatamente à fábrica Yale e procurou o gerente, que se chamava Martin. Este, quando soube que era serviço da polícia, pôs-se à disposição do detetive.

— Diga o que deseja. Vamos ver se podemos servilo.

— Trata-se do seguinte: Tenho aqui uma chave Yale, número 11.397. Desejava saber a quem foi vendida a fechadura. Se estas chaves são numeradas, com o número das fechaduras, deve haver um registro para elas. Ou não há?

— Há, sim senhor. Por isso mesmo é que são numeradas.

— Pois eu gostaria de saber a quem foi vendida a fechadura correspondente. Estou empenhado na investigação de um crime e esta chave deve pertencer ao criminoso, ou a um seu companheiro.

— Um momento, que vou mandar ver os registros. Esse número deve ser de uns cinco anos atrás.

Martin deixou o escritório, e, pouco depois, voltava com um grande livro preto. Abriu-o, folheou-o durante alguns momentos, e de repente, pôs o dedo em cima de uma das linhas.

— Aqui está. Foi vendida num lote de 12.000 fechaduras, aos armazéns de Ferragens Estrela, Malcolm Street 124. Não é longe daqui...

— Está bem. Obrigado — disse Dick Peter, tomando nota do endereço. Vou lá agora mesmo.

Poucos minutos depois, Dick se encontrava no Armazém de Ferragens Estrela. O gerente, do mesmo modo, se pôs à disposição do detetive, que contou o que já sabia acerca da chave e pediu as informações que desejava.

— Preciso saber a quem foi vendida a fechadura Yale 11.397.

— Pois não. Se foi vendida, devemos ter aqui o registro. Um momento.

O gerente chamou um dos empregados do balcão, que trabalhava na secção de fechaduras e mandou-o verificar o registro.

E não demorou, Dick estava de posse da informação final:

— A fechadura Yale 11.397 fora vendida, num grande lote, ao Edifício de Apartamentos Atlântida, na 3.a, Avenida.

E mais uma vez o antiquado fordeco percorreu as ruas de Nova York, em demanda da Terceira Avenida.

O zelador morava no andar térreo, onde ficavam, também, a portaria e o posto telefônico PBX. Dick dirigiu-se ao zelador:

— Preciso saber a quem pertence a chave Yale número 11.397.

O zelador olhou para o detetive com um ar superior e respondeu:

— Não costumamos dar informações a estranhos. — E foi virando as costas e afastando-se, como se o assunto estivesse liquidado.

Dick Peter pegou-o pelo braço, e num movimento virou-o de frente, dizendo:

Não lhe ocorre ser um pouco mais educado com as pessoas que falam com você?

— Não tenho que lhe dar satisfações... Não tenho obrigação de dar informações.

— Acho que vai ser preciso trazer uma ordem de prisão, para que você vá desenferrujar a língua lá na polícia...

É negócio de polícia? — perguntou o zelador, — assustado.

— É negócio de polícia, sim senhor. Sou da chefatura. A que apartamento pertence a fechadura 11.397?

O zelador tremia quando verificou o registro para informar:

— Pertence ao apartamento 820, no 8.0 andar...

— Muito bem. E quem é que mora nesse apartamento?

O homem empalideceu, tremeu e balbuciou:

— Não sei...

— O que?! — berrou o detetive. — O senhor não sabe quem mora no 820?

— Não senhor... Não sei... Mas não é por mal... Queira perdoar... É um cavalheiro muito distinto, excêntrico. Ele paga duas vezes mais, para não ser incomodado com perguntas... Ele...

— Cale-se! O senhor é um idiota! Simplesmente um idiota!

O QUE HAVIA NO FIM DA PISTA DA CHAVE

O Zelador sabia que cometera uma gravíssima falta deixando de identificar o inquilino do 820. Por isso, tremia.

— Então, o homem não gosta de perguntas... E paga mais para que não lhas façam, hein? Muito bem... muito bem... receio que você tenha complicações. Vai ver o que lhe produzirá esse amor ao dinheiro. Sabe muito bem que todos os inquilinos do edifício têm que estar registrados. Especialmente aqueles que não gostam de responder a perguntas...

— Mas... é um caso todo especial. É um homem muito distinto, que só vem aqui de vez em quando... A gente raramente o vê...

— Pior... muito pior... Mas eu nada tenho com isso. Você dará as informações à Polícia mais tarde. Por agora, vamos subir, para que ele responda a todas as perguntas que lhe queiramos fazer, goste ou não goste...

— William! — chamou o zelador.

O porteiro aproximou-se.

— Sabe se o inquilino do 820 está lá em cima?

— Não sei, não senhor.

— Não importa. Vocês não sabem nada do que se passa neste prédio. Vamos subir. Perguntaremos a ele mesmo, se está ou não!

Subiram. O 820 ficava no fundo do corredor, à esquerda. Pararam diante da porta, e Dick, enquanto metia a chave na fechadura, disse ao zelador:

— Espere-me aqui fora.

Dentro do apartamento, Dick verificou que se tratava de uma residência comum, como todos os apartamentos mobiliados que se alugam: móveis muito valiosos mas ordinários. Mais para causar impressão do que para servir realmente.

Depois de atravessar duas salas, o detetive penetrou no dormitório, e de lá chamou o zelador.

— Senhor zelador! Venha até aqui!

O homenzinho correu, e parou na porta. Dick olhava para a cama, ainda não arrumada.

— O seu inquilino dormiu aqui esta noite?

— Não sei!

— Eu gostaria de saber quando é que o senhor vai ficar a par do que acontece nesta casa, para responder às minhas perguntas. Por que é que a cama está desarrumada ?

— Bem...

— Não sabe, não é? Quem é que costuma arrumar as camas?

— Temos dois empregados para isso. Mas só sobem para arrumar quando o inquilino sai deixando a chave no quadro.

Até que enfim, o senhor sabe de alguma coisa. Pergunte se arrumaram este quarto ontem.

O zelador pegou no telefone e ligou para a, portaria. Conversou durante uns momentos e pousou o fone.

— Há três dias que não deixam no quadro a chave do 820.

— Quer dizer que há três dias não vêm fazer arrumação...

— Isso mesmo.

— Portanto, ele pode ter vindo dormir, mas levando a chave consigo, ninguém faz a arrumação. Quantas chaves dá a cada inquilino?

— Duas.

Dick não disse nada. Pôs-se a andar de um lado para outro, observando. Quando passou para o corredor que levava à cozinha e ao banheiro, sentiu cheiro de gás.

— Está escapando gás... onde é o banheiro?

— É aquela porta,

A porta estava fechada por fora, com um pequeno trinco niquelado, desses que giram como um ponteiro, caindo no encaixe também de metal, aparafusado ao batente. Levantado o trinco, a porta se abriu para dentro e uma golfada de gás se escapou.

— Abra as janelas que dão para o pátio! — disse o detetive. E entrando no banheiro, escancarou também a janela de fora, estabelecendo uma corrente de ar que em pouco tempo limpou a atmosfera. Dick havia, também, fechado a torneira do gás, que se encontrava aberta. Depois é que examinou o homem que estava caído sobre o ladrilho do chão, meio envolto num roupão de banho, e evidentemente, morto.

— É este o seu misterioso inquilino? perguntou Dick ao zelador, que vinha entrando no banheiro. O pobre homem parou como se tivesse tropeçado nalgum obstáculo, cambaleou e, refazendo-se, olhou para o corpo.

Sim, balbuciou. — É esse mesmo... Deus do céu! Estará morto?

— É o que parece. Convém telefonar para a Chefatura. Procure falar com o chefe Morris.

— Diga que eu estou aqui e conte-lhe o que encontramos...

O zelador saiu, feliz em poder afastar-se do cadáver, para o qual Dick Peter ficou olhando, enquanto dizia a si mesmo:

— Um homem morto... Inquilino do apartamento 820, ao qual pertence a chave 11.397... Que ligação haverá entre este caso e o da Represa Nova? Dois acontecimentos tão diferentes, ocorridos um tão longe do outro, e, no entanto, ligados por uma chave. Que terão de comum estes dois acontecimentos? Qual foi o papel desempenhado por este homem na tragédia que, com certeza, se desenrolou na Casa Flutuante?...

"ENTÃO, MORRIS... ASSASSÍNIO!"

Dick Peter saiu do banheiro, fechou-o e foi para a sala, no momento em que o zelador voltava.

— Falei com ele. Diz que vem imediatamente.

— Muito bem. Esperaremos. E enquanto esperamos vamos ver se esclarecemos alguma coisa.

— O que não entendo, — disse o zelador — é como conseguiu o homem fechar-se pelo lado de fora... Aquele trinco só fecha por fora. Por dentro há outro igual.

— É claro que não podia ter-se fechado por fora. Isto é absurdo.

— Mas então?

— Então? Ora... alguém o fechou lá, depois de darlhe uma pancada na cabeça, fazê-lo perder os sentidos, deitá-lo no chão e abrir o gás. Saiu e fechou a porta sossegadamente.

— Quer dizer que se trata de um crime?

— É o que parece, pelo menos. Vamos ver se adiantamos alguma coisa. Viu o homem entrar esta noite?

— Não senhor. Não vi. Nem eu, nem o porteiro. Já falamos nisso lá em baixo.

— Bem sei que já falamos. Mas agora o negócio se tornou mais importante.

— Não vi, não.

— Onde mora o porteiro da noite?

— Aqui mesmo. Tem um quartinho lá em baixo.

— Chame-o. Ele que venha aqui.

O zelador tornou a telefonar, e desta vez demorou para ser atendido.

— Ele deve estar dormindo, explicou.

Afinal, o porteiro da noite acordou, atendeu ao chamado e, de pijama mesmo, subiu ao 8º. andar.

— Que é que aconteceu? perguntou, meio estremunhado.

— Este senhor é da polícia, e precisa lhe fazer umas perguntas.

O homem ficou atemorizado, mas prontificou-se a responder.

— Não se assuste, que não é nada disse Dick Peter.

— A que hora entrou esta noite o inquilino do 820?

— Ele não entrou.

— Como não entrou?

— Não entrou, não senhor. Estive toda a noite no meu posto.

— Mas se não entrou, como é que está aqui dentro? Poderia ter entrado sem ser visto?

— Não. Seria impossível. Só temos uma entrada. — Mas ele está aqui.

— Não pode ser. Não posso acreditar. Só se usou uma corda para subir pela janela...Venha até aqui.

O porteiro seguiu Dick Peter até ao banheiro, e, quando viu o corpo caído no chão, quase caiu também.

— Acredita agora?

O porteiro entrou e foi se debruçar perto do corpo caído.

— Não lhe toque! — preveniu Dick Peter. — Não toco, não. Quero só ver...

Durante alguns momentos, o homem examinou o rosto do cadáver, que estava escuro e contorcido. Disse:

— É... deve ter entrado... aqui está... Mas, será mesmo ele?

— Duvida que seja o inquilino deste apartamento?

— Parece que é, mas este homem nunca parou na minha frente. Nunca lhe vi o rosto bem de frente. Compreende? Vinha entrando, sem olhar para os lados. O que me chamava a atenção era o seu porte elegante, e o nariz... sim... aqui está o nariz... É este mesmo...

— E o senhor afirma que ele não entrou esta noite?

— Afirmo que entre a meia-noite e as sete horas da manhã ele não entrou.

— Então, entrou antes da meia-noite.

— Seria a primeira vez em oito meses.

— Ele vinha regularmente para casa, todas as noites?

— Não, senhor. Passavam-se às vezes até quatro dias sem que viesse, e quando vinha era sempre depois da meia-noite. Em geral, entre a uma e as três da manhã.

— Que diabo ficava fazendo todas as noites até tão tarde?

Ele devia ter suas razões. Isso não nos interessa — disse o zelador.

— Pois a mim interessa muitíssimo — disse o detetive. — E interessa mais ainda o motivo por que ficava dias sem aparecer. Deve haver alguma razão, e preciso saber qual era... Ele recebia visitas aqui?

— Raramente. As últimas que recebeu, foram dois homens, cerca de uma semana atrás — informou o porteiro. — Ele havia chegado às duas horas, e os dois homens chegaram às três. Telefonei para o seu apartamento e ele disse que os estava esperando, que mandasse subir.

— Reparou na fisionomia desses dois homens?

— Não muito. Um era alto e forte e o outro mais moço, bem vestido.

— Bem, bem. Creio que o senhor nos vai prestar bons serviços. Ah... diga-me mais uma coisa... Ele veio na noite de anteontem para ontem?

— De anteontem para ontem? Espere... eu não o vi, mas estive fora do meu lugar durante alguns minutos... Só se chegou nesse momento. Deixei o telefonista vigiando a portaria.

— A que hora foi isso?

— Não sei precisamente, mas foi perto das duas horas.

— Que é que o senhor foi fazer?

— Estive no 9o. andar, no apartamento do sr. Jefferson. O telefone não estava se comunicando com a rede geral, e ele pediu-me que subisse. Fui lá. Pediume, então, que chamasse um carro para as quatro horas, para pode tomar o expresso. Ainda desci a maleta dele.

— Quer dizer, então, que o sr. Jefferson chamou-o perto das duas horas, manteve-o ocupado, digamos, uns dez minutos, não é?

— Mais ou menos isso, talvez um pouco menos.

— Depois, às quatro horas, foi tomar o seu trem e desapareceu...

— Isso mesmo...

— Sabe qual o carro que o veio buscar?

— Sei. Eu mesmo é que o tratei... Foi do posto da esquina desta rua. O número do carro, não sei, mas o motorista é um tal "Veneno" — Veneno? Mas isso não é nome. É o apelido dele.

— Está bem. Isso não importa. Muito obrigado, e pode descer, e mande-me o telefonista.

Quando o telefonista subiu, subiram com ele Morris e alguns inspetores.

— Alô, Dick! Já sei que temos novidade... mas como é que você veio descobrir isto aqui?

— Por acaso, Morris. Puro acaso. Uma pista que segui desde a Represa Nova, e que veio terminar aqui... por enquanto. Como foi isso?

— Depois lhe contarei tudo por miúdo. O homem está no banheiro. Morreu envenenado pelo gás, ao que parece...

— Está bem. Vamos, doutor? — disse Morris ao médico. E ambos, acompanhados pelos peritos de costume, fotógrafo, técnico em impressões digitais e outros, dirigiram-se para o banheiro. — Tome conta disso por aí, Dick. Vá interrogando o pessoal — disse ainda Morris enquanto sumia.

Dick Peter mandou o telefonista sentar-se e perguntou:

— Na noite de anteontem para ontem, enquanto o porteiro foi atender ao sr. Jefferson, no 9o. andar, o senhor ficou no lugar dele, não?

— Bem. Eu não fico no lugar dele mesmo. Fico no meu, porque o PBX é ao lado da portaria. Dali vejo tudo. Se for necessário, posso atender a qualquer pessoa.

— É o mesmo. Quer dizer que vê quem entra e sai. Por quanto tempo ficou ele ausente? — Não tomei nota, mas acho que foi uns quinze minutos.

— E a que hora foi isso?

— Também não prestei atenção, mas devia andar pelas duas horas.

— Está bem. O inquilino do 820 subiu durante esse tempo?

— Não, senhor. Subiram três pessoas, mas ele não. — Três pessoas juntas?

— Não. Duas subiram logo atrás do senhor Halle, o porteiro, a outra, alguns minutos depois. — Não lhe perguntaram nada?

— Não. Foram subindo. Acho que eram inquilinos, embora não os conheça. Conheço poucos inquilinos pessoalmente. Sabe, a minha hora de trabalho... — Compreendo. Como é seu nome?

— Jack.

— Pode ir, Jack. Muito obrigado.

— Estou às ordens.

Dick voltou-se para o zelador. E o seu nome qual é?

— Reynolds.

— Muito bem. Pode ir também, sr. Reynolds. Quando precisar do senhor, chamarei... Ah, um momento. Todos os inquilinos têm que tratar com o senhor, quando alugam os apartamentos?

— Sim, senhor. Somente comigo.

— Está bem. Pode descer.

Reynolds e Jack desceram, e Dick Peter foi ao encontro de Morris.

— Então? Foi o gás?

— Foi — respondeu Morris. — O médico examinou-o. Foi o gás, mas antes disso, o homem levou uma violenta pancada na cabeça. Provavelmente, caiu sem sentidos.

— Há quanto tempo está morto?

— A rigidez cadavérica é total. Há mais de 24 horas — respondeu o médico.

— Então, Morris, isto deve ter ocorrido pouco depois das duas horas da madrugada de anteontem para ontem.

Sabe que a porta estava fechada por fora?

— Não me tinham dito nada! É verdade, Dick? — É verdade. Eu é que a abri.

— Mas, então...

— Então, Morris... Assassínio! Deram-lhe a pancada na cabeça, abriram o gás e saíram, fechando a porta por fora. Pela posição em que ele estava, vê-se que procurou ainda atingir a porta, quando voltou a si, já sufocado pelo gás. Mas não pode fazer nada, porque ela estava fechada por fora.

DESPOJOS HUMANOS DENTRO DA MALETA

O exame dos documentos que estavam na roupa, no quarto, fizera saber que o nome do morto era Williams Hendricks. Mas nada mais. As suas roupas indicavam pessoa bem colocada na vida, bem como todos os seus objetos de uso. Na busca minuciosa que se fez em todo o apartamento, nada se encontrou que pudesse lançar qualquer luz sobre a ocupação de Hendricks, ou onde se poderiam obter dados sobre ele. Era um homem isolado no mundo. Em todo o caso, Morris não se aborreceu muito com isso, porque a polícia tem meios de obter informações, mesmo das pessoas que parecem, como Hendricks, estarem completamente isoladas de tudo...

Enquanto, no necrotério, o legista fazia a autópsia do cadáver, Morris e Dick Peter foram almoçar no Green Clube.

— Como se explica que você, lá da Represa Nova, viesse parar aqui para abrir a porta a um cadáver, hein, Dick?

— É que encontrei uma chave Yale, numerada, que me trouxe até aos apartamentos Atlântida. Muito simples. Essa chave caiu do bolso de alguém, lá na poltrona de couro da casa flutuante...

Ah... simples. Quer dizer que Hendricks esteve lá?

— Pelo menos, é o que parece. A não ser que alguém o quisesse comprometer.

— Para que? Se o mataram logo em seguida?

— Assim mesmo. Se, pela pista da chave chegamos até ele e o encontramos morto... o assunto está liquidado. Mas simularam muito mal o suicídio, fechando a porta por fora.

— Mas, não sei se reparou, Dick. Aquele trincozinho de fora, se for deixado de pé, e se se bater à porta com força, ele pode cair no encaixe, ficando a porta fechada como se alguém a trancasse...

— É claro. Hendricks podia ter feito isso... Mas acha, também, que ele deu primeiro uma paulada na própria cabeça?

— É verdade. Há a paulada... fechou por fora simplesmente para que Hendricks não pudesse sair... Mas tudo isto é muito estranho, e não se pode compreender bem... Porque era muito arriscado para o criminoso deixar Hendricks simplesmente sem sentidos dentro do banheiro, e fechar a porta por fora. Porque se o homem tivesse acordado, embora sob o efeito do gás, poderia ter aberto ou quebrado os vidros da janela. Francamente, é uma coisa meio sem nexo. Não acredito que o assassino tenha se arriscado a deixá-lo no banheiro sem matá-lo primeiro.

O médico legista já deve ter a solução, neste momento. Vamos embora.

Os dois se dirigiram para a Chefatura, e, ali conversaram com o médico, que informou:

— O homem está morto há vinte e quatro horas. Mas não morreu pela pancada na cabeça, nem pelo gás. Foi envenenado por uma injeção aplicada no braço esquerdo. O seu sangue está profundamente alterado. Nem chegou a respirar o gás.

— Agora é que as coisas se tornaram mais complicadas... Uma pancada na cabeça, uma injeção de veneno, e um banho de gás. É muita coisa junta, Morris! Mas, de qualquer modo, podemos afastar a hipótese de suicídio. Nenhum homem, por mais desesperado que estivesse com a vida, recorreria a tantos meios diversos para morrer. Sabe de uma coisa? Vamos voltar aos apartamentos Atlântida. Temos o que fazer no apartamento do 9o. andar, o do tal Jefferson, que foi viajar pela madrugada de anteontem para ontem...

Chegados ao edifício, Reynolds, o zelador, acompanhou-os ao 9o. andar, e abriu a porta com a chave mestra que trazia.

Jefferson tinha deixado no apartamento quase tudo, levando apenas, ao que parecia, sua roupa de uso. Portanto pretendia voltar.

Os dois deram uma busca em regra no apartamento todo, e no armário embutido da parede, encontraram duas coisas de grande importância para a solução do mistério, e que novamente provavam a ligação evidente com o desaparecimento de Egbert, da Represa Nova. Primeiro, o outro pé da bota que fora encontrada abandonada sobre a plataforma, manchada de sangue. Esta também estava suja de sangue. Fora limpa, (com certeza, mas junto às costuras, e aos recantos, havia ficado sangue coagulado. Segundo, as calças de brim, pertencentes, por certo, ao paletó que haviam tirado do fundo da represa.

Tanto a bota como as calças estavam dentro de uma velha mala fora de uso, sobre a qual havia roupas velhas e outras coisas empilhadas, de modo a dar a entender que ali não se mexia havia muito tempo.

Nada mais encontraram no apartamento que pudesse se ligar nem remotamente, ao caso da Represa Nova. Ao saírem, Morris disse ao Sr. Reynolds:

— Este apartamento, como aquele de baixo, vai ficar interditado. Mandaremos um policial para cá também. Ninguém poderá entrar nele. Se o tal Jefferson aparecer por aqui, entretenha-o e telefone à polícia imediatamente.

Dick e Morris, depois de tomarem as providências para deixar um policial também no 9o. andar, voltaram à Chefatura, e ali fizeram a comparação das duas peças encontradas com as que já estavam em seu poder. Não havia dúvida. A calça e o paletó completavam-se, e as duas botas pertenciam, também, ao mesmo indivíduo.

Morris estava "abafado"

— Sim senhor... Afirmo que me sinto cada vez mais desconcertado com esta confusão. Não posso compreender como é que estas coisas se ligam... Sabe? Duvido sinceramente que possamos estabelecer qualquer ligação entre elas...

Dick Peter estava pensativo, e não pareceu ter ouvido as palavras de Morris. E de súbito, começou a falar, lentamente:

— Vejamos... No domingo atrasado, Egbert teve uma discussão com Atílio, chegando a vias de fato. Atílio ameaçou-o... ontem, uma semana depois, Atílio e Alice voltam à Represa Nova e verificam que Egbert desapareceu... Na plataforma, sob o abrigo de pesca, encontram uma bota de Egbert e grandes manchas de sangue no chão. Do fundo da água depois, tira-se um paletó que ali devia estar há poucas horas... Dentro da casa, na poltrona, encontra-se um chaveiro, com a chave Yale No. 11.397. Com esta chave, chega-se a fábrica, conversa-se com o Sr. Martin e sabe-se que ela pertence ao lote vendido aos Armazéns Estrela. Nos Armazéns Estrela, sabe-se que foi vendida, num grande lote, aos apartamentos Atlântida, na 3a. Avenida. A chave pertence ao apartamento 820, do 8o. andar. Esse apartamento é ocupado por um inquilino que ninguém conhece, e que é encontrado morto no banheiro. Morto há 24 horas, portanto, no domingo pela manhã.

Descobre-se, afinal, a identidade do morto. É Williams Hendricks. No mesmo prédio, mora um homem chamado Jefferson, que na noite de sábado para domingo, pelas 4 da madrugada, sai de automóvel para tomar um expresso. Dentro do seu quarto encontra-se uma bota e umas calças pertencentes a Egbert... É espantoso o fio que envolve estas coisas. A chave nos traz ao apartamento de Hendricks. Hendricks está morto. Mas não é no apartamento de Hendrik que se encontram vestígios, mas sim no de Jefferson. A chave nos trouxe da Represa à 3a. Avenida, e as calças e o sapato nos levam novamente à Represa... Que papel desempenham nisso tudo, esse Hendricks, esse Jefferson, e esse Reynolds? Por que é que Reynolds consentiu em alugar um apartamento a um homem que não deu o seu nome? Por que Hendricks não deu o nome ao alugar o apartamento? Qual deles será o dinamarquês que desejava comprar a mina de prata? Seriam esses dois os mesmos que, com um terceiro, estiveram na Represa Nova na sexta-feira à noite? Para quem seriam as balas que Egbert comprou na sextafeira? Por que foi morto Hendricks na madrugada de sábado, ou na manhã de domingo? Atílio, o filho do engenheiro-chefe, terá tomado parte nisto tudo? As coisas se ligam, evidentemente... mas de que modo?

— Aí é que está a dificuldade, Dick...

Dick Peter pareceu despertar ao ouvir a voz de Morris.

— É verdade, Morris. Aí é que está a dificuldade. E as dificuldades se apresentam para serem vencidas... Temos, agora, uma coisa mais a fazer. Halle, o porteiro, disse-nos que chamou um táxi para Jefferson, às 4 da madrugada. A garage é a da esquina e o chofer é um tal "Veneno". Vamos procurá-lo. Mas... você não está vendo, Morris que este Jefferson quer deixar claro que não se encontrava aqui quando Hendricks foi morto [6]?

— Como?

— Veja. Hendricks deve ter morrido, digamos, pelas sete horas da manhã de domingo. Mas Jefferson, como o poderão provar Halle, o porteiro, e "Veneno", o chofer, partiu pelas 4 horas em viagem. Portanto, deve ser afastado do caso...

— E a calça e a bota que estavam no apartamento dele?

— Ele pode dizer que não sabe nada disso, que puseram ali para envolvê-lo. Pense. Se ficar provado irrefutavelmente que deixou a cidade às 4 horas da madrugada, que é que se pode dizer contra ele?

— Na verdade, Dick. Jefferson preparou um notável álibi.

— É o que parece. Vamos procurar o "Veneno".

Saíram e passaram primeiro pelos Apartamentos Atlântida.

— Halle — disse Dick Peter ao porteiro, que não se fora deitar mais — venha conosco até à garage. Vamos falar com o chofer que levou Jefferson.

Na garage falaram com o encarregado das chamadas, que consultou a lista dos chamados da madrugada de sábado.

— Perfeitamente, informou ele, às 4 horas. O chamado foi atendido pelo "Veneno" do carro BA 235.438.

— Ele está aí agora?

Estava. O encarregado chamou-o e Dick Peter perguntou:

— Você fez algum serviço na madrugada de sábado?

— Fiz vários.

— Algum aqui por perto?

— Sim. Levei um inquilino dos Apartamentos Atlântida para a Grand Central.

— A que horas?

— Às quatro. Ele foi tomar o expresso das 4,30.

— Levava malas?

— Apenas uma maleta.

— Está bem. Leve-nos à Grand Central, agora. — E, voltando-se para Halle: — Muito obrigado, Halle. Você nos tem sido muito útil. Depois conversaremos...

Na estação, naturalmente, impossível saber se um determinado indivíduo tomara o trem das 4,30 dois dias antes. Mas havia nesse caso qualquer coisa fora do comum, porque, falando com uns e com outros, eles souberam que uma maleta havia sido esquecida na madrugada de domingo, na plataforma. Não era nada de admirar, porque dezenas de maletas são esquecidas pelos viajantes. No entanto, Dick quis ver a maleta. Era de aspecto fino, e, preso à alça, o porta-cartão deixava ver, através do celofane, um nome: "F. Jefferson - Apartamentos Atlantida – 3a. Avenida"

Dick Peter olhou para Morris, sorrindo.

Morris agarrou sofregamente a maleta e disse:

— Aqui está! Ele esqueceu-se da maleta!

— Justamente ele, Morris... justamente ele! Deixou todos os seus passos marcados, como o faria alguém que quisesse indicar à família para onde fora... Morris largou a maleta, desolado.

— Então... você acha...

— Não acho coisa alguma, Morris! Estou com vontade de rir. Isto está se tornando positivamente estupido! Estão brincando conosco.

Era na sala do chefe da Estação, uma bela sala de móveis brilhantes. A maleta estava sobre a mesa, e o chefe olhava-os, calado, muito interessado na conversa. Dick tirou do bolso uma chavinha comum, e, em poucos segundos abriu a maleta. Os três olharam para dentro dela, e dois deles, Morris e o chefe da Estação, recuaram espantados, o chefe da estação quase gritou.

Dentro da maleta havia uma mão e um pé humanos decepados!

AGARRADO O DONO DA MALETA

— Mas que quer dizer isto? Quem foi o bandido que pôs essas coisas aí dentro? — dizia o chefe da estação, indignado e enojado.

— Calma, homem... Calma! Não precisamos que ninguém mais saiba disto. Fique quieto. Já sabemos do que se trata.

— Já sabem?

— Claro. Por isso é que estamos aqui.

— Que é que vamos fazer com essas coisas, Dick?

— Vamos embrulhá-las e levá-las. A mala deverá ficar na seção de objetos perdidos. Arranje-me um pedaço de papel, chefe...

O chefe da estação arranjou um grande pedaço de papel pardo, forte, e Dick Peter fez um embrulho bastante elegante.

— Agora, veja quem é que encontrou esta maleta, e chame-o aqui.

Pouco depois aparecia no escritório um rapaz, de seus 18 anos, muito vivo, de olhos buliçosos e brilhantes.

— Foi este quem a achou. O John.

— John, conte-me como é que você encontrou a maleta.

— Estava em cima do banco, perto da balança.

— E ninguém a viu?

O dono estava perto dela. Ele cochilava... Foi na madrugada de domingo. Eu até estava olhando para ele e achando graça... É um velhote... De repente o trem apitou para sair. O velho deu um pulo e saiu correndo. Eu inda fiquei rindo um bocado. Depois vi que ele tinha deixado a maleta. Peguei nela e corri, mas não deu mais tempo. O trem já ia saindo... Aliás, eu conheço esse velho de vista. Ele viaja sempre todas as semanas, mas nunca a essa hora. Vai quase sempre no das 9.

— Está bem. Muito obrigado, John. Agora, vou lhe pedir uma coisa. E se você fizer o serviço bem feito, será gratificado. Trata-se do seguinte: decerto, o velhote se lembrará da mala, e voltará para a apanhar. Quero que você fique de olho. Pedirei ao chefe que não lhe dê nenhum outro serviço nestes três dias mais próximos. Você ficará trabalhando para a Polícia. Só isso. Olhar. Olhar atentamente, e, quando aparecer o velhote da maleta, telefonar imediatamente para a chefatura. Aqui está o número. Chame pelo sr. Morris, pelo sargento, ou pelo Dick Peter. Imediatamente.

— Compreendeu?

— Compreendi, sim, senhor. Não é tão difícil assim...

— Não é difícil, mas precisa paciência, muito mais paciência do que você está pensando...

— Pode deixar por minha conta.

— Dick Peter voltou-se para o chefe e perguntou:

— Concorda em que o John fique a serviço da polícia por alguns dias?

— Perfeitamente.

— Então, John, está tudo arranjado. E se você for realmente esperto, se quiser lhe arranjarei um lugar de detetive...

— Quero, sim! Ora se quero!

— Bem. Não se esqueça das nossas recomendações, então, mais uma coisa: Bico calado! Ninguém pode saber o que um detetive está fazendo! Só sabem de sua missão quatro pessoas: o seu chefe, o Sr. Morris, eu e você. Portanto. . . trate de ser discreto.

— Sei muito bem. Podem ir sossegados, que eu vigiarei aqui.

— Vamos, então, Morris. Muito obrigado sr. Chefe.

Deixaram a estação para se dirigir ao gabinete médico-legal, e Morris mandou chamar o dr. Lesseps:

— Doutor, trazemos-lhe aqui um presente...

Dick Peter desfez o pacote e a mão e o pé amputados rolaram sobre a mesa.

— Olá... mãos e pés... você deu para vender carne humana, agora, Morris?

Não, Lesseps... Não me dedico a amputar membros, embora haja muita gente nesta cidade que mereça estar sem as duas mãos... Essa, porém, não fomos nós que a cortamos. Nem ao pé. Viemos aqui só para ver se você é capaz de nos contar alguma coisa sobre isso...

Pois não. Com todo o gosto. Vamos ver... Parecem cortados de fresco... Em todo o caso, estão tão perfeitos como se tivessem sido cortados neste instante.

— Creio que já tem mais de 24 horas assim...

— Não parece. Não há o mínimo sinal de decomposição. Isto é muitíssimo curioso! — E evidentemente o dr. Lesseps começou a interessar-se profundamente pelo que via

— Esperem um pouco. Vou levar este material para o meu laboratório, e voltarei dentro em pouco.

Ele entrou, com a mão e o pé dependurados pelos dedos, em cada mão.

Meia hora depois, voltava, com os despojos humanos e com a cara iluminada.

— Isto que me trouxeram é uma autêntica maravilha! É a solução de um problema que há muitos e muitos anos atrapalha os biólogos, os experimentadores, os cirurgiões, e todos os que se dedicam ao estudo do corpo humano...

— Como foram cortados? Perguntou Morris, mais interessado pelo lado imediatamente prático da coisa.

— Foram cortados com habilidade profissional. Mas isto é o que menos interessa. O que interessa, caros amigos, é ver como conseguiram conservar estas duas peças impedindo que se decompusessem. Parece que acabaram de ser cortadas agora! Um processo curiosíssimo! Os tecidos estão absolutamente perfeitos! Como se estivessem ainda vivas... E sem a rigidez cadavérica... Maravilhoso ! Ao que parece, injetaram nos tecidos uma substância conservadora que, por assim dizer, solidificou o sangue em todas as veias e artérias.

Devem ter, também, submetido as peças a um tratamento especial... mas que tratamento? Isto é um mistério fascinante! Eu daria uma fortuna para conhecer este processo... Compreendem que vem resolver sérias dificuldades... Um professor, na Faculdade de Medicina, luta com enormes empecilhos para suas aulas de anatomia prática. As peças se decompõem rapidamente. Com isto, o problema seria resolvido. Ao que parece, se estas peças têm 24 horas, durarão indefinidamente, ou, pelo menos, o tempo suficiente para que se façam quantos estudos forem precisos. Uma verdadeira maravilha! Como conseguiram esta mão e este pé?

— Procurando um corpo inteiro — disse Dick Peter sorrindo. — O que nós queríamos, Dr. Lesseps, era que o senhor nos dissesse, com a possível certeza, há quanto tempo foram cortados do corpo.

— Aí está uma coisa impossível! Não se pode, em verdade, dizer nada sobre esse aspecto. E justamente aí é que está a maravilha destas peças, ou melhor, a maravilha do processo usado para a sua conservação. Compreende? Nada mais de estudos feitos às pressas, com o nariz tamponado para não sentir o cheiro... nada mais de grandes frascos cheios de formol para conservar corações, pulmões e outras vísceras! Agora, com este processo, pode-se conservar tudo ao natural! Isto é positivamente, a maior maravilha que já se conseguiu no terreno prático! Estas peças podem ter um dia, e podem ter um ano! Preciso conhecer este processo! Quero ser apesentado ao homem que conseguiu este verdadeiro milagre — porque se trata de um milagre!

— Diz que podem ter um ano, doutor Lesseps?

— Podem.

— Pois acreditamos que tenham somente 24 horas, como já disse.

— Por que? Anda alguém sem mão e sem pé, por aí?

— Deve andar... pois que estão sobrando esses... Mas, de qualquer modo, isso tem que ser recente. Se tivessem um ano, quereria dizer que se trata de um processo já com bastante idade para ser conhecido. Se nunca ouviu falar de nada semelhante, é por se tratar de novidade...

Tem razão! Um detetive sempre vê o lado mais lógico das coisas... Mas infelizmente, não posso servilos.

O médico ficou ainda olhando para aqueles horrorosos objetos com tanta curiosidade e carinho como o faria um joalheiro examinando um diamante de 800 quilates... De repente, virou-se para o chefe da polícia:

— Morris, eu preciso destas duas peças... — Creio que poderá ficar com elas, Lesseps, assim que tivermos terminado o nosso trabalho...

— Está bem. Mas não se esqueçam... e não as percam...

— Não. Pode ficar com elas aí, por enquanto, mas só emprestadas, porque a qualquer momento podemos precisar delas...

— Está bem. Podem ficar sem cuidado porque estarão bem guardadas...

Os dois se despediram e voltaram para a chefatura. Estavam sentados, e Dick Peter saiu de repente da reflexão em que se abismara, para dizer:

— Esta mão e este pé trouxeram-me uma ideia, Morris. Estou começando a ver claro na escuridão! Começo a ver claro... Mas, realmente, se o que penso é verdade, teremos motivo para rir, apesar de se tratar de um assunto macabro!

— Que é? Encontrou a ponta da meada?

— Creio que estou vendo a meada inteira... mas a ponta está perdida ainda... Havemos de achá-la, porém... Que coisa! Que coisa mais inesperada!

Morris, vendo a cara de Dick Peter, deu uma risada meio sem vontade e disse:

— Qual o que! Por mim, estou cada vez mais embrulhado! Quero que o diabo me lamba, se estas coisas têm a mínima lógica: um homem desaparecido. Um casaco no fundo da água. Uma bota na beira da água perto de uma mancha de sangue... Um homem morto num banheiro... Um homem que vai viajar às 4 horas da madrugada e que se esquece de uma mala contendo um pé e uma mão humanos...

— Mas tem lógica, Morris... Você verá que têm lógica. E não se esqueça de que há também a morte do velho Daniel na casa mergulhada, e a mina de prata, cujos documentos desapareceram...

— Essa história você não me contou ainda... Você já falou nisso, mas não detalhou.

— Não houve tempo. É o seguinte: Egbert, há alguns anos atrás, morava com sua família no vale onde agora está a represa nova. Seu pai chamava-se Daniel, e era um velho que amava perdidamente a sua terra. Quando as terras foram desapropriadas para a inundação do vale, a fim de se construir a represa, ele não quis abandonar a sua casa, de modo algum. A Companhia, no entanto, apelou para o judiciário, visto se tratar de obra de interesse público, e a terra foi desapropriada judicialmente e a importância depositada. Com o andar dos trabalhos, a família de Daniel deixou a casa, para ir viver com uns parentes, perto de Blue Mountain. Daniel ficou na casa, teimosamente, e Egbert, o filho, não quis abandoná-lo. Afinal, as águas subiram, cercaram a casa, e os dois lá dentro. Egbert não queria deixar o velho. Sabia que ele, afinal, seria forçado a sair. Um dia, o moço teve que sair para fazer umas compras, e quando voltou, a casa não existia mais, nem o velho. Acreditou que ela tivesse desmoronado, pela ação da água nos alicerces, mas depois descobriu que não fora assim. Alguém fizera explodir a casa... Egbert tem a certeza de que quem fez isso foi um dinamarquês que havia anos assediava o velho Daniel para que este lhe vendesse o direito que tinha sobre uma mina de prata... Acredito, mesmo, que Egbert se tivesse isolado na casa flutuante da represa para realizar um desejo, que era o de vingar a morte do pai...

— Então essa história tem raízes antigas... — Tem... E não sei se você sabe, também, que na sextafeira, à tardinha, três homens foram visitar Egbert... E Egbert havia comprado balas para revólver na sextafeira, à tarde...

— Quem foram os três visitantes?

— Um era de meia idade, outro tinha uma cicatriz sobre o olho esquerdo, e o outro não tem sinais particulares. Era moço, como o da cicatriz...

— Está bem, Dick. Mas tudo isso não vem esclarecer coisa alguma. Ao contrário.

— Mas você pode imaginar, por exemplo, que um dos três, o mais velho, era o dinamarquês da mina... Que Egbert não conseguiu matá-lo, como pretendia, mas que, ao contrário, foi morto.

— E para que lhe teriam cortado um pé e uma das mãos?

— Se é que essas coisas pertenceram a Egbert, aí é que entra uma parte da história que nos fará rir, apesar de macabra, um "intermezzo" cômico, por assim dizer... ou uma "peninha para atrapalhar", como dizem... e que talvez corra por conta do homem da cicatriz no olho..

Enquanto Morris e Dick Peter discutiam o problema do crime da Represa Nova, John, na estação, estava atento ao seu serviço, que era agora, de "detetive auxiliar ad-hoc".

E viu, subitamente, entre os homens que saltavam de um trem, justamente o velhote da maleta! Ficou profundamente impressionado, e no primeiro momento, não se lembrou de telefonar. O homem dirigiu-se direto a ele e perguntou :

— Moço, escute... Eu deixei uma maleta aqui. Não a encontraram?

John não sabia bem o que responder. Aquilo não estava no programa que lhe haviam traçado. Mas deixou-se levar pela inspiração:

— Não, senhor. Não encontramos nada. Quando foi?

— Na madrugada de domingo...

— Hoje é segunda-feira... Espere um momento que vou ver. — Obrigado.

O velhote ficou esperando, e John foi até ao escritório do chefe da estação e telefonou para a chefatura. Falou com Morris, contando que o velhote estava na estação, e depois voltou.

— Não, senhor. Há mais de uma semana que ninguém esquece mala nenhuma aqui...

— Que diabo! Então, vai ver que a levei e deixei-a no hotel. Sou muito distraído! Preciso voltar! — Era muito importante a mala?

— Muito! — E o velhote olhou para o relógio da plataforma. Espantado, exclamou:

— Quatro horas! Dentro de cinco minutos sai o meu trem!

E saiu correndo para a bilheteria, a fim de comprar passagem. John quis impedi-lo, falou, gritou, mas o homem não atendeu. Deu-lhe um empurrão e passou. Comprou o seu bilhete e foi tomar o trem, no momento em que ele saía. John não sabia como proceder. Saía-lhe tudo ao contrário do que esperava. Não teve outro remédio senão deixá-lo partir.

Dick acabava de dar a Morris as últimas informações, segundo seu ponto de vista, quando o telefone chamou, e Morris atendeu. Era novidade importante, porque ele se alarmou e ficou excitado, e, logo que pousou o fone, exclamou:

— Ele, Dick! Ele está na estação! Vamos! Os dois saíram correndo da sala, atravessaram os corredores, saíram para a rua feito loucos e pularam no carro do detetive, que estava parado ao lado do fordeco do vendeiro. O carro, como costumam fazer todos os carros quando há pressa, custou a pegar. Afinal, arrancou, e, pelas ruas foi encontrando todos os sinais de tráfego fechados, como costumam fazer, também os sinais de trafego em momentos assim.

Chegaram à estação e correram para a plataforma, para encontrar John arrepelando os cabelos e batendo com o pé no chão, desesperado.

— Então?

— Ele partiu de novo! Como?

— Partiu nesse trem que acaba de sair. É o trem de Elst River.

— Traga-me a maleta dele... depressa!

John saiu ventando, e, meio segundo depois, estava de volta com a maleta.

— Vamos, Morris! Esse trem corre ao lado da rodovia durante muitos quilômetros!

E os dois correram de novo, como malucos chamando a atenção de quantos se encontravam no imenso "hall". O Carro tornou a partir, voando pelas ruas, desrespeitando os sinais, assustando meio mundo, até pegar a estrada. Então, Dick fê-lo dar quanto pode.

— Ah... se tivéssemos o Automóvel-de-Prata!... – dizia ele, calcando o acelerador até encostar o pé na tábua, e olhando para o velocímetro que caminhava dos 100 para os 200.

Mas eles não tinham nem o carro-de-prata de Thomason, nem mesmo o célebre carburador mágico da motocicleta de O'Malley. E tinham que se conformar com aquela velocidade, que já era uma coisa séria.

Alcançaram, afinal, a grande reta, durante qual a estrada de rodagem acompanha a estrada de ferro num trecho muito longo.

Dick acelerou quanto pode, e o seu carro, positivamente, voava. O expresso corria, mais adiante. Pouco a pouco, o auto se aproximava. O receio de Dick era que não o alcançasse antes de terminar a paralela que as duas estradas formavam. Mas, alguns minutos mais tarde, o trem diminuiu a velocidade, por qualquer motivo. Diminuiu pouco, mas foi o bastante. O carro emparelhou-se com ele.

— Tome a direção, Morris! Que vai fazer? Está louco?

— Tome a direção!

E Dick Peter, segurando a maleta do velhote, largou a direção, que Morris segurou, e passou para o estribo do carro.

— Encoste mais. Vou passar para o trem! Durante um segundo, o carro quase encostou no último vagão do trem, e, quando desencostou, Dick Peter já estava na plataforma do carro, com a maleta na mão. Entrou, e veio logo ao seu encontro o chefe do trem, espantado.

— Que é isso, moço? Que está fazendo? Dick mostrou-lhe as suas credenciais e disse:

— Procuro um velhote, que viaja sozinho... Olhe, é esse!

Realmente, o velhote vinha vindo, e Dick reconheceu-o porque ele se atirou para a plataforma, gritando:

— A minha mala! Muito obrigado! Pensei que a tivesse perdido!

Dick ficou boquiaberto no primeiro momento. Depois disse-lhe, baixo:

— A mala está aqui... Mas os restos de Egbert já estão no gabinete médico-legal!

A reação do velhote foi positivamente espantosa, como Dick jamais poderia prever. Ele saltou contra o detetive, dizendo, com os dentes cerrados:

— Ah! Bandido! Cretino! Miserável criminoso!

E o resultado do seu pulo foi que Dick perdeu o equilíbrio, e, agarrando-se ao paletó do velhote, caiu para trás trazendo o homem consigo. Os dois rolaram pelo leito da linha, um para cada lado, e ficaram imóveis, ao mesmo tempo em que o trem parava.

QUEM ERA ESSE FALADO JEFFERSON

Morris, que vinha acompanhando a marcha do trem, quando viu os dois homens caírem do último vagão, com a maleta de cambulhada, soltou uma tremenda praga e acelerou mais, indo frear violentamente ao lado da linha, no ponto onde ambos haviam ambos caído. Ao mesmo tempo, o trem parava, lá mais adiante. O auto guinchou desesperadamente, fez uma pirueta e parou atravessado na estrada. Morris pulou e correu para o leito da linha. Também do trem haviam descido várias pessoas, que corriam para o local. Morris, porém, dirigiu-se ao Chefe de Trem:

— Eu sou Morris, o chefe de Polícia. Pode tocar o trem. Não há nada. Eu me arranjo com estes dois.

O chefe do trem avisou os curiosos que se aproximavam e começavam a aglomerar-se:

— O trem vai partir. Não é nada...

Todos foram saindo, a contragosto, mas dentro em pouco o trem retomava a sua marcha e Morris ficava ali, olhando para ambos os homens. Dick Peter mexeuse e ele se abaixou perto do amigo:

— Então, Dick?

— Caramba... que aconteceu? - perguntou o detetive, meio tonto, mexendo-se a custo. - Quebraramme as costelas... E a minha cabeça.

— Parece que você teve muita sorte. Ainda está inteiro, o que não acontece com todos os que caem do trem! Mas que diabo de ideia a sua de saltar para o vagão! Não podia alcançar o maquinista e fazê-lo parar? Você é completamente maluco! É bem feito! Devia ter quebrado as duas pernas...

Morris interrompeu-se de súbito e começou a apalpar as pernas de Dick Peter. Não fosse ele tê-las quebrado mesmo.

— Continue, Morris... As suas palavras são como uma canção para mim... Estava quase adormecendo...

— Ora vá para o inferno! Ponha-se de pé, que de repente chega outro trem aí, então, não se aproveitará nada de você... Vamos!

Morris ajudou o detetive, que se pôs em pé a custo. De sua testa corria sangue. Estava com a roupa em frangalhos, as mãos esfoladas, os joelhos sangrando.

— Venha para o carro. Pode andar? Com todos os diabos! Não sei para que faz estas asneiras!...Você parece o homem que não teve infância!

Enquanto esbravejava, Morris levou o amigo para o carro, acomodou-o e foi buscar o velho Jefferson, que estava sem sentidos, mas nenhum ferimento aparente, a não ser também uma brecha na cabeça.

Carregou-o aos ombros, porque o velhote não era muito pesado. Arrumou-o no carro, ao lado de Dick

Peter, e sentou-se ao volante, colocou o carro direito na estrada, para voltar, enquanto resmungava:

— Maldita mania de acrobacia! Era preciso fazer uma coisa destas? Era preciso? Eu que devia aprender de uma vez por todas! Devia mandar às favas esses detetives amadores que só servem para fazer cenas de filmes de série...

Morris! — disse Dick Peter, com voz queixosa - Sabe que você hoje está excepcionalmente espirituoso? As suas palavras encantam-me ! Estou gostando! Continue, porque vou adormecer...

— Adormeça e não acorde mais! Tudo iria melhor sem você! Mas eu não me emendo !... Também é a influência daquele palerma do Cross! É o Dick Peter para cá, o sr. Dick Peter para lá! Uma pessoa fica maluca com esse bombardeio... Mas isto vai acabar! Quero ser mico de circo de cavalinho, se não é esta a última vez que lhe dou permissão para meter o nariz nos meus serviços! A última vez! Chega! Estou positivamente, farto de asneiras, de tolices, de loucuras! Tudo o que não acontece no decorrer de um crime, acaba acontecendo durante a investigação, porque você, Dick Peter, é como um para-raios de acontecimentos! Durma, e não acorde mais!

Dick Peter não dormiu, mas também não falou mais. Morris por sua vez, preocupado com o volante, e talvez com alguns pensamentos, deixou de falar. A tarde estava quente, abafada, e o carro rodava silenciosamente pela estrada de cimento, ansioso por chegar à cidade. De vez em quando o detetive enxugava o sangue que lhe corria do ferimento na testa.

Afinal chegaram à chefatura e foram direitos ao hospital. Os enfermeiros levaram Jefferson para cima, e Dick Peter subiu com o zangado chefe de polícia. O médico atendeu primeiro a Jefferson e, meia hora mais tarde, veio conversar com Dick, que já tinha sido tratado por um enfermeiro.

— Então, que é que aconteceu? — perguntou ele.

— Andam ainda atrás do corpo inteiro?

— Dick Peter que lhe conte, Lesseps.

Dick soltou uma boa risada:

— Este grande amigo Morris! Não sei o que eu faria sem ele!... E então, doutor Lesseps, o homem está mal?

— Não muito. A pancada na cabeça foi forte, mas não há nada muito grave. Que é que vocês fizeram? Estão em um bonito estado...

— Caímos de um trem, os dois agarrados.

—   Então   tiveram   uma   sorte   fantástica! Francamente...

— Sabe quem é esse homem, dr. Lesseps?

— Sei.

— Sabe?

— Claro que sei! O que não sei é como pode ele estar embrulhado com vocês. É o último homem que devia andar metido com a polícia...

Dick e Morris estavam espantados.

— Mas... Lesseps... você sabe quem é esse homem? Verdade?

— Não há mistério algum nisto, Morris! É o célebre anatomista Fernand Jefferson, um dos mais perfeitos experimentadores do nosso tempo! Uma glória! Morris abriu a boca, olhou para Dick Peter, que também estava embasbacado, e depois de uns momentos disse:

— Está vendo, Dick? Mais uma das suas... Você entenda-se com ele... se puder.

Doutor Lesseps. Esse homem é o tal, da mão e do pé amputados.

— Não me diga! Ele? Fernand Jefferson?

Durante um momento, Lesseps ficou boquiaberto. Depois, disse:

— Mas é claro! Está muito certo! Ele é o homem capaz de fazer um trabalho daqueles! É perfeitamente claro! Então é esse o resultado dos seus estudos... Bem andavam dizendo que em breve todos conheceriam o "Processo de Conservação Jefferson". Aí está o resultado! O que não compreendo é porque vocês se agarraram a ele. Não queiram me dizer que é um criminoso. Seria um desastre!

— Pergunte ao Dick Peter. Ele é que sabe...

— Sem dúvida, doutor Lesseps, Jefferson tem que nos explicar várias coisas. Porque foi investigando o desaparecimento de um homem que encontramos o pé e a mão dentro da maleta de Jefferson.., E, depois, ele sai de madrugada para tomar o trem... vai e vem, mal chega aqui, toma o trem de volta...

Mas isso nada tem de extraordinário, sr. Dick Peter. Todo o mundo sabe que o doutor Jefferson tem o seu laboratório na vizinha vila de Mayflower...

— Ah! É isso então? E como é que chega aqui, toma o trem de volta... afinal onde ele mora?

— Porque é um homem muito esquisito.... Não quer ser importunado. Mora sempre de modo a não dar na vista, e, quando o descobrem, muda-se depressa. Vive mais no laboratório de Mayflower do que aqui na cidade. Admira-me que não o conheçam...

Morris soltou uma sonora gargalhada, e os dois ficaram a olhá-lo. Quando ele parou de rir, afinal, Dick Peter perguntou:

— A que vem isso, Morris? Porque esse riso extemporâneo?

— É irresistível — disse ele, entrecortando a frase com risos.

— É irresistível! O criminoso que corta pés e mãos... Dick Peter cai-lhe nas costas... e em vez de criminoso, acha um homem célebre, um cirurgião famoso... um anatomista... É a maior que já vi Morris recomeçou a rir.

— De vez em quando dá-lhe isso, doutor Lesseps. É inveja concentrada. Mas passa logo.

Morris ria ainda, e parou bruscamente para dizer:

— Vejamos. Que é que você fará ao dr. Jefferson?

— Simplesmente isto, Morris: Quero que diga de onde vieram aquele pé e aquela mão. Ele dirá que vieram de um cadáver de indigente, do Hospital Público...

— Nesse caso, terá que me explicar como se encontravam em sua casa as calças e a bota de Egbert...

Morris caiu em si...

— É verdade! Há também as calças e a bota! Isso ele terá que explicar! Sabe o que me está ocorrendo, Dick.

— Sim...

— Que esse Jefferson pode ser o tipo dos cientistas loucos que a gente encontra. . . Capazes de cometer qualquer crime para realizar as suas experiências... Não pode ser?

— Pode. Mas este caso é mais complicado... Jefferson deve entrar em tudo isto meio pela esquerda...

Eu já lhe disse que teríamos   motivos para rir, apesar de ser uma coisa macabra... E você já riu bastante... _ É. Mas há o caso da bota e das calcas...

— Doutor Lesseps, quando é que ele vai poder falar?

— Não antes de amanhã.

— Então, Morris, vamos embora. Preciso por algumas coisas em ordem. Até amanhã, doutor. Não o deixe sair...

— Não se incomode. Até amanhã.

Morris foi para a Chefatura, e Dick Peter despediu-se.

— Onde vai, Dick?

— Tenho vontade de dar uma volta até Mayflower...

— Bom passeio, então.

— Antes disso vou até minha casa tomar um banho e descansar um pouco. Também, como vê, esta roupa não está muito apresentável. Olhe, deixe ficar esse fordeco aí na garage da chefatura, até amanhã. Eu vou com o meu carro. Até logo, ou até amanhã.

UM CADÁVER SOBRE A PLATAFORMA

Enquanto Dick Peter se entrega ao seu merecido descanso, nós vamos voltar um pouco no tempo, e retroceder também até à Represa Nova. É na manhã de segunda-feira mesmo. Depois de Dick Peter partir, com o chaveiro que encontrara entre o encosto e o assento da poltrona de couro, chaveiro que o levaria até aos Apartamentos Atlântida, onde aconteceram tantas coisas — Cross e os dois policiais ficaram por ali, andando de um lado para outro.

— Isto é bem aborrecido — dizia Cross.

— Teremos que ficar aqui para o resto da vida? — Eu por mim vou ver se pesco alguns peixes — disse um os policiais. — Na beira d'água que mais se pode fazer?

Apanhou a vara que se encontrava encostada à parede, dirigindo-se para o pequeno rancho na ponta da plataforma, onde fora encontrada a bota e onde ainda se via a mancha de sangue.

Cross e o outro policial sentaram-se em cadeiras de lona, na varanda que dava para a água, e ficaram imóveis. Era cedo ainda, mas o dia já ia esquentando.

— Eu só gostaria de saber — disse Cross de súbito — que diabo é que fizeram com esse tal Egbert... No fundo da água, não está?

— Quem disse que não está?

— Não está. Pois não dragaram o lago aí em frente?

— Mas a represa é muito grande. Não é só aqui em frente... podiam muito bem tê-lo levado no barco e ter largado o corpo lá no meio...

— Não é provável.

— E poderia, também, estar aqui em baixo da plataforma, entre os tambores...

— Eis aí uma ideia! Isso sim, pode ser... Cross levantou-se e ficou andando de um lado para outro, na varanda, preocupado por algum pensamento. Depois, parando diante do colega, disse:

— E se encontrássemos o cadáver? Hein?

— Seria uma bela coisa, sargento. Quer que eu dê uns mergulhos e vá até em baixo da plataforma?

— Você seria capaz?

— Por que não? É muito fácil. Não precisa nem mergulhar... Vou me agarrando nas traves, com a cabeça sempre fora da água... É facílimo!

— Então vá! Quem sabe se encontramos o corpo?!

O policial encontrou logo um dos calções de Egbert e, pouco depois, estava pronto para se atirar à água.

O que pescava, quando o viu na beirada da plataforma, berrou:

— Mas você vai me estragar a pescaria! Não tem outra hora para nadar?

— Quem vai pescar sou eu! — disse ele, e em seguida atirou-se à água. Pouco depois, nadava para baixo da plataforma, e desaparecia.

— Ele vai encontrar os flutuadores? — perguntou o pescador a Cross, que viera se colocar ao seu lado.

— Vai ver se encontra o corpo de Egbert. Pode ser que esteja em baixo da casa.

— É verdade... é uma boa ideia... Cross, de vez em quando gritava: — Olá!

E do fundo da plataforma vinha a voz estranhamente soturna do policial:

— Olá! Até agora, nada!

Durante quase uma hora, o policial permaneceu na busca, saindo de vez em quando para descansar um pouco. Afinal, voltou de uma vez:

— Não está, não... Nem no fundo da água. Mergulhei por várias vezes...

— Eu vou experimentar agora —— disse o pescador enrolando a linha.

— Não adianta.

— Você está cansado. Além disso, há aquela parte entre a plataforma e a margem do lago. Você esteve lá?

— Não. Não me lembrei...

— Pois então? Vou lá.

Em pouco tempo, o segundo policial se achava metido na água, nadando para baixo da plataforma. Mas, no mesmo momento, o telefone tocou dentro de casa, e Cross correu a atender, enquanto dizia:

— Afinal, parece que Morris se lembrou de nós... Alô! Pronto!... Sim. É o sargento Cross. Quem?... Ah!... que é que o chefe mandou dizer?... Para irmos embora? Mas... Ah! Já encontraram o corpo! Está bem, está bem! Ordens são ordens. Até logo...

Cross pousou o fone e voltou-se para o outro:

— Chame o mergulhador. Diga-lhe que não perca tempo. Já encontraram o cadáver...

— Já? Onde?

— Não sei. O chefe mandou que voltássemos.

O outro foi chamar o homem que nadava, e, pouco depois, os três estavam prontos para partir.

— Arrumem tudo e fechem a casa. Acabaram-se as nossas férias a beira do lago...

— E condução?

— Que condução? As pernas, meus caros... Dick Peter diz que as pernas são uns miseráveis meios de locomoção, mas quando não há outro remédio, temos que as usar...

—Mas por que é que eles não mandaram um carro para buscar-nos?

— Pois sim... Eles se importam conosco... Carros são para os chefões... Para nós é nas pernas velhas...

— Puxa vida! São mais de cinco quilômetros... debaixo deste solão...

— Não temos por onde escolher. Na cidadezinha encontraremos condução para a cidade. Vamos.

Partiram, andando sem vontade pela estrada de terra batida, e a casa ficou só, mergulhada em silêncio.

As horas se passaram, marcadas pelo ininterrupto marulhar da água por baixo da plataforma flutuante da casinha de Egbert.

E quando escureceu, um pequeno carro se aproximou do portão, parando. Dele desceu um homem que, tirando uma chave do bolso abriu o cadeado. Tornou a subir para o carro, que se pôs em movimento, passando para o lado de dentro do cercado, e chegando até o ponto mais próximo da casa. E então, silenciosamente, outro homem desceu e, aproximando-se da beirada, pularam os dois para a plataforma, com todos os cuidados. Rodearam a casa e voltearam ao carro, e um deles dizia:

— Não há mais ninguém. A casa está vazia. Podemos levá-lo.

Houve em seguida alguns movimentos lentos e cautelosos. Um dos homens meteu meio corpo dentro do carro, e, pouco depois, tirava para fora um pesado vulto, difícil de carregar ao que parecia. Pouco a pouco, e auxiliado pelo segundo homem, tirou o volume e puseram-se a carregá-lo, pulando para a plataforma.

Quem estivesse observando não teria a mínima dúvida. Tratava-se de um corpo humano enrolado num lençol.

Deram volta à casa dirigindo-se aos fundos. — Está pesado! — disse um deles.

— Pois devia estar mais leve, porque foi bastante aliviado... — disse o outro, dando à voz um tom de pilheria. Mas o companheiro não riu. O corpo foi transportado, assim, para os fundos da casa e depositado no chão, sob o caramanchão beirada.

Em seguida, um deles tirou o lençol de sobre o volume, e à luz da lua apareceu um corpo humano, com o rosto cor de cera, os olhos arregalados e a face contorcida num espasmo de dor...

— Vamos — disse o das piadas.

Os dois voltaram, silenciosamente, subiram para o carro e partiram. Pararam para tornar a fechar o portão, e, depois, desapareceram, na escuridão da estrada.

O RESTO DO CORPO

Pelas cinco horas da tarde do mesmo dia, Cross entrou no gabinete de Morris, pronto para perguntar como tinham solucionado o caso da Represa Nova. Mas quando deu com os olhos do chefe e viu a cara que este fez, não perguntou nada. Ao contrário, foi Morris quem fez a pergunta:

— Que é isso? Por que está aqui? Por que deixou o seu lugar?

— Ué... Não era para voltar?

— Voltar? Mas... você enlouqueceu, Cross? Você andou bebendo?

Mas, chefe... o seu telefonema...

— Que telefonema? Que telefonema, demoninhado trapalhão! Que telefonema?

— Telefonaram para lá... Que eu podia vir... Que todos devíamos voltar...

— Mas quem é que telefonou? Quem?! Diga-me!

— O engenheiro McKlark! Disse que recebeu ordem sua!

— Ó nefando cretino! Ó incrível estúpido! Então, se eu quisesse dar uma ordem a você — uma ordem dessa importância, telefonaria ao engenheiro? Hein? Ao engenheiro? Não telefonaria a você diretamente?

— Bem... mas... o engenheiro...

— Que engenheiro nem nada, seu cretino! E por que não se lembrou de me telefonar, perguntando?

— Mas, chefe! Eu não podia por em dúvida uma ordem dessas! Como é que iria desconfiar... Mas o senhor não telefonou mesmo?

— Não! Não! Não! Não telefonei a ninguém, não telefonei coisa alguma! Você só serve para atrapalhar! Qualquer cretino pode lhe dar uma ordem, que você obedece correndo! Nunca vi um tipo mais inútil do que você!

— Eu não podia adivinhar!

— Não se trata de adivinhar! Trata-se de usar a cabeça! Essa cabeça inútil que o seu amigo Dick Peter tanto elogia! Para que serve isso? Para que? Nem ao menos enfeita, porque você tem uma cara horrível! Como que se atreve assim a abandonar o local do crime, o local que tem obrigação de ficar vigiando? Vai ver que nem sequer deixou alguém lá...

— Não deixei. A ordem foi para que voltássemos todos, porque o crime já estava esclarecido...

— Miserável palerma! — A voz de Morris se transformou num grito sibilante — Palerma inútil! Desapareça daqui! E nunca mais volte! Suma-se! Cross estava pregado ao soalho, e quem sumiu foi Morris. Depois de dar na mesa um daqueles socos que eram ouvidos no edifício inteiro, levantou-se, e saiu e bateu a porta com tal violência que os dois vidros espatifaram, com grande barulho.

O pobre sargento ficou ali imóvel, como verdadeira estátua da desolação. A princípio ficara furioso, com a vontade de xingar o mundo, de sair e realmente nunca mais aparecer. Depois, refletiu. O chefe tinha razão. Não era preciso tratá-lo tão mal, mas tinha razão. Cross devia ter telefonado para a chefatura a fim de se certificar da ordem, e pedir confirmação.

— Esse maldito engenheiro! Juro que vou apanhá-lo e dar-lhe tamanha surra de cinturão que ele nunca mais telefonará a ninguém!

Estava dizendo essas palavras, quando a abriu de novo, e Morris entrou, parando diante dele.

— Ainda está aqui? E está resmungando... para que? Não ficou satisfeito com a sua inteligência.

— Bandido... quem é bandido? Eu?

Cross não respondeu. Ficou firme, olhando nos olhos de Morris. Ele continuou:

— Que é que esperava? Uma medalha e um beijo em cada face, por ato de bravura?

— Eu não queria medalha nenhuma. Queria que compreendesse as coisas. Eu não podia fazer de outro modo. Como ia adivinhar?...

— Adivinhando! Ora bolas! E vá se enforcar, que é o mais certo que pode fazer!

Cross saiu, pisando duro, cheio de raiva.

Morris pegou no telefone e discou um número, e, com a voz ainda alterada e tremula, falou:

— Alô, Dick! É você? Aqui é o Morris...

Não brinque porque não estou disposto! Sabe que o Cross voltou da Represa ?... Perfeitamente. Esse idiota e os dois policiais que estavam lá com ele... Não! Diz que recebeu um telefonema do engenheiro McKlark e que este recebera ordem minha para que voltassem todos... Eu não! Você também é quase tão perfeito como aquele idiota! Como é que iria telefonar uma ordem dessas?...

— É isso mesmo que eu também penso...

— Sim. Então venha, que iremos para lá imediatamente !

O furibundo chefe largou o telefone e apertou o botão da campainha. Logo em seguida apresentou-se um guarda.

Vá chamar o sargento, Cross. Urgente! O guarda saiu correndo, e, poucos momentos depois, Cross estava de novo diante de Morris.

— Prepare tudo imediatamente para irmos à Represa Nova. Tem que ir uma ambulância também. Dois carros. Policiais armados. Vamos. Depressa! Depressa!

Alguns minutos mais tarde, Dick Peter chegava. Vinha com um curativo na cabeça, mas parecia bem disposto. No mesmo momento, o guarda anunciava que os carros estavam à espera.

— Vamos já então, Morris.

— Mas isso anda?

— Vamos. Não discuta. São mais de seis horas da tarde.

A caravana partiu. O fordeco de Dick Peter ficou para trás, mas acompanhava bem os outros. Morris ia ainda furioso, e resmungava:

— Esse idiota! grande idiota!

— Mas idiota por que, Morris ?

— Por que? Você ainda pergunta por que? Então acha pouco abandonar assim o seu posto ?

— Mas ele não abandonou. Recebeu uma ordem.

— Ordem de quem?

— Para ele era uma ordem sua. Queria que desobedecesse?

— Mas eu não dei ordem alguma!

— Não importa. Você sabe, mas ele não sabia. Suponha que você tivesse dado a ordem e ele tivesse desobedecido. Que aconteceria?

— Ele devia ter desconfiado.

— Mas desconfiado de que? Era a coisa mais natural deste mundo que tivéssemos esclarecido tudo e que ele pudesse voltar com os seus homens...

— Por que não me telefonou pedindo confirmação?

— Porque não desconfiou de nada.

— Você e ele... são uma boa dupla.

— Morris, Cross e Dick Peter... uma trinca formidável!

— Você e suas eternas brincadeiras...

— Não se irrite à toa, Morris. A verdade é que fomos todos vítimas de um truque.

— E por que?

— Decerto, precisavam que Cross saísse de lá para realizar algum plano...

— Algum plano... Que plano? Que é que eles podiam ter que fazer lá?

— Não tenho ideia alguma a esse respeito. Mas é certo que tinham o que fazer, ou do contrário não afastariam a polícia. Para que haviam de simular essa ordem sua, arriscando-se, ainda a sofrer uma cilada — porque vamos que Cross lhe tivesse telefonado pedindo confirmação? Ele não sairia de lá, e os visitantes estariam mal arranjados... pois eles não se iriam arriscar a isso, caso não tivessem motivos muito sérios para assim proceder. Tem razão. Que será que prepararam, durante a ausência de Cross?.

— Já vamos saber, Morris. Tenha paciência, mesmo porque não há outro meio de saber, senão chegar lá.

A caravana continuava a rodar pela estrada, agora já dentro da escuridão da noite. O fordeco ia perdendo distância, mas Dick Peter não se impressionava com isso.

Quando chegaram às proximidades da cerca que fechava a Represa, os outros carros esperaram a chegada de Morris e seu companheiro. — Então? Que fazemos? perguntou Cross

— Entremos. Tem a chave do portão?

— Tenho. — E Cross dirigiu-se ao portão, abrindo-o sem fazer ruído.

Agora, meu caro sargento. Entremos nós dois, para dar uma vista por aí. Morris, faça o favor de esperar um pouco com os outros.

Em seguida, Dick e Cross esgueiraram-se do portão, e, cautelosamente, encaminharam-se para a casa. Cross abriu a porta. Durante um momento esperaram. Depois, entraram e Cross acendeu as lâmpadas do lustre central, Não havia ninguém ali. Percorreram toda a casa demoradamente, sem encontrar vestígio algum de visitantes.

— Ninguém entrou aqui, Cross se a casa recebeu visitas deve ter sido pelo lado de fora.

— Sr. Dick Peter murmurou o sargento. Estou começando a ficar com uma impressão esquisita...

— Isso é Medo... Não se preocupe.

Saíram para fora pela porta do fundo. Dick Peter acendeu a sua lanterna portátil, e com ela varreu a extensão da plataforma. O facho de luz passou por baixo do caramanchão de abrigo de pesca e foi até adiante, tornando a voltar.

— É ali. Veja, Cross.

Cross acompanhou o facho de luz, pousado, agora, sobre um estranho vulto, lá debaixo do caramanchão. A luz não era suficientemente forte para deixar distinguir perfeitamente o que se encontrava à beira da plataforma, e Cross disse:

— Parece um monte de roupa... Isso não estava aí...

— Deve ser um monte de roupa com um homem dentro. Vamos lá.

Aproximaram-se, e a dois passos já não tinham dúvida alguma. Era um homem, de cuecas e sem camisa.

— Vá chamar os outros, Cross.

Enquanto Cross voltava ao portão, Dick Peter examinou o achado. Era um cadáver, já em início de decomposição, desprendendo um mau cheiro difícil de suportar. Logo chegou a turma toda, e Dick Peter, apontando para o cadáver, disse a Morris:

— Veja, caro Morris... o corpo inteiro... sem um pé e uma mão.

Realmente, Morris verificou logo que faltava ao cadáver a mão direita e o pé esquerdo.

— Quer dizer que aquelas duas peças que encantaram o nosso dr. Lesseps foram destacadas deste infeliz. Quem será ele?

— Só pode ser Egbert... Quem mais?

— Sabemos lá... No apartamento 820 também havia um morto, e não era Egbert...

— Seriam muitos mortos. Este é Egbert. — Nada temos a fazer, Dick. Vamos mandar remover o cadáver e deixar de novo alguns policiais...

— Creio que já não é preciso, Morris, A tarefa aqui está completa. Já nada falta ao cenário... nem a maleta de Jefferson! Vamos embora. Quero deixar o fordeco com o dono.

MAIS UM MISTÉRIO EM MAYFLOWER

A ambulância e um dos carros com os policiais, distanciaram-se logo. No fordeco iam agora Dick Peter, Morris e Cross, e o carro com dois policiais seguia atrás.

— Assim que recebeu o telefonema você saiu, Cross?

— Logo. Foi só o tempo de arrumar a casa e fechá-la.

— Quando saiu, não viu nada suspeito?

— Nada.

Bem. Estamos na casa do vendeiro que me alugou o carro. Deixe os outros que se vão. Que fique só o carro de trás...

Estacionaram diante da venda, e o velhote apareceu logo à porta, com um sorriso nos lábios.

— Pensou que seu carro tivesse voado,

— Não! — respondeu o homem. — Sabia que estava em boas mãos.

— Muito obrigado. Quanto lhe devo?

— Cinquenta dólares.

— O senhor é honesto. Qualquer outro cobraria o dobro.

— Não há razão. A gasolina foi por sua conta. O carro está inteiro... e quase não vale isso...

—Houve alguma novidade ?

— Dois ou três amigos estiveram aqui, e mataram o bicho. — Quando ?

Não faz muito tempo... Deviam ser oito horas. Iam para a cidade.

— Está ouvindo, Morris? Cruzamos com eles pela estrada, quando vínhamos.

— Mas quem são esses seus amigos?

— São os que vieram buscar Egbert e que o vieram trazer agora incompleto...

— Mas quem são eles?

— Não sei.

— Eles deixaram lembranças para o Sr. Dick Peter e para o sr. Morris... — disse o vendeiro... — que disseram mais, esses atrevidos?

— Nada. Tomaram uns tragos e disseram-me: "O Sr. Dick Peter e o Sr. Morris devem vir até aqui hoje. Quando chegarem, diga-lhes que os dois amigos deixaram lembranças..."

— Não hão de se divertir muito tempo com essa piada... eram os mesmos de outro dia?

— Sim. Era aquele alto e forte, já de certa idade e outro mais moço, o da cicatriz por cima do olho esquerdo. — Ouviu, por acaso, o nome deles?

— Não pronunciaram nome algum. E, o mais alto já tem estado por aqui outras vezes. Lembrei-me disso hoje quando o vi mais de perto.

— Sabe se ele se dava com Egbert?

— Não sei.

— Morris, estou convencido de que o alto e forte é o dinamarquês que dinamitou a casa de Egbert matando-lhe o pai. Foi para ele que Egbert comprou as balas na sexta-feira.

— Mas que misterioso personagem é êsse, Dick? Onde vamos encontrá-lo?

— Creio que o professor Jefferson deve-nos ser útil neste ponto. Em último caso, em Mayflower acharemos a sua pista. Por falar nisso, Cross, você precisa ir conversar com o engenheiro McKlark a respeito do telefonema. Não acredito que tenha sido ele, mas convém saber. E é preciso, também, que ele compareça ao necrotério, para identificar o cadáver. Precisamos saber se se trata de Egbert.

— Chegando à cidade, vou direito à casa dele, — Então, vamos indo.

Partiram novamente no carro oficial, chegados à cidade, Cross partiu em busca de McKlark, enquanto Dick Peter e Morris se dirigiram para o necrotério, para onde fora levado o cadáver.

O dr. Lesseps já estava lá.

— Afinal, encontraram o resto do corpo... mas como vêem, ele não foi tratado pelo "método Jefferson de conservação".

— A mão e o pé que estão em seu poder pertencem a esse corpo, dr. Lesseps?

— Pertencem.

— Como morreu esse homem, Lesseps?

— Três tiros no peito. Mas levou tempo a morrer. Se tivesse sido atendido, poderia ter sido salvo. Não o queriam salvar, no entanto. Queriam matá-lo mesmo. Agora, o que eu gostaria de saber é se lhe amputaram a mão e o pé enquanto vivo, ou depois de morto...

— Não se pode saber. Mas de qualquer modo, quem fez o trabalho entende do ofício. Não foi cortado às cegas, não.

— Não seria o próprio professor Jefferson ? — Não sei... Podia ser... Mas é pouco provável. Se Jefferson tivesse esse cadáver às mãos, teria aplicado o seu processo ao corpo todo...

— É justo, dr. Lesseps... É provável que tenha recebido apenas as peças, já amputadas.

Estavam ainda conversando sobre o assunto, quando Cross chegou com o engenheiro McKlark.

O engenheiro foi direito ao cadáver, sem parecer sentir o mau cheiro, agora atenuado por líquidos desodorizantes.

— É Egbert! exclamou, realmente penalizado — Egbert! Pobre rapaz! Quem foi o malvado que lhe fez isto? Que crueldade! Já descobriram o criminoso?

— Ainda não, sr. McKlark. O senhor terá, por acaso, algum, dinamarquês trabalhando em qualquer setor da Usina?

— Dinamarquês... tenho um.

— Pode descrevê-lo?

— Posso. É um rapaz de 22 anos, técnico de enrolamentos.

— Não é esse que procuramos. Obrigado.

— Por que? Trata-se do criminoso?

— Não sabemos ainda, mas precisamos encontrar um dinamarquês alto e forte, de meia idade. Outra coisa, Sr. McKlark. Como se explica o caso do telefonema?

— O sargento já falou comigo. Não fui eu absolutamente quem telefonou. Alguém serviu-se de meu nome.

— É evidente. Está bem. Obrigado. Temos que ir a Mayflower mesmo. Não há outro remédio.

Pouco depois McKlark despedia-se, pondo-se à disposição para qualquer coisa que precisassem dele.

— A voz não era a dele, Cross?

— A que me telefonou não era, não. Mas o telefone engana, bem sabe.

— É claro, mas não acredito, mesmo, que ele esteja envolvido de qualquer modo nesta embrulhada. Cross, você quer ir comigo até Mayflower, agora?

— Vamos.

— É bom levarem mais um homem. — recomendou Morris.

— Levaremos, sim, Morris. Fique sossegado, que ninguém vai machucar o seu querido Cross...

— Bem, bem, lá vem você...

Desta vez, os dois não chegaram a trocar as amabilidades de costume, porque Dick Peter interrompeu logo:

Então, Cross, escolha um homem e vamos no meu carro. São onze e trinta. Estaremos lá antes da uma da madrugada. Vamos depressa.

Alguns minutos mais tarde, o carro rodava a toda a velocidade para Mayflower. Pela uma hora entraram na pequena e pitoresca cidade. Logo souberam onde ficava o laboratório do professor Jefferson. Era uma casa comum, com a aparência exterior de residência confortável, rodeada de jardim ao tipo inglês, que deixava uma bela impressão sob a luz da lua. Estacionaram o carro a pequena distância e Dick Peter disse ao policial que os acompanhava:

Agora, você vai lá e diz que precisa falar com o assistente do professor Jefferson. Diga-lhe que o professor sofreu um acidente e que o mandou chamar, que está aqui um carro para o levar à cidade.

O policial foi em direção às janelas iluminadas do andar térreo, e chegando à porta tocou a campainha.

No momento em que tocou, pareceu-lhe que o silêncio se tornou pesado em volta. Tocou outra vez, e, logo em seguida, ouviu nitidamente, gritos vindos de dentro. Então, começou a dar socos na porta, gritando:

— Abram! Abram esta porta!

Os gritos aumentaram, e o policial também gritou mais alto. Dick e Cross, ouvindo aquela algazarra, correram para perto do policial, e ouviram ainda um último grito que vinha da casa fechada.

Vamos entrar! Alguém precisa de socorro aí dentro.

Conseguiram em pouco tempo abrir a porta, e entraram de uma vez. Mas agora a casa estava inteiramente silenciosa.

Além do "hall" havia uma espaçosa sala de visitas, toda iluminada, com as janelas dando para o jardim. Uma das portas dessa sala dava para um dormitório com três camas de solteiro, onde não havia ninguém. Outra porta para uma cozinha, no fundo de um corredor, para o qual dava também o banheiro. Ali também não se via sinal de gente. A terceira porta dava para um compartimento que era o laboratório, fascinador, cheio de aparelhamentos rebrilhantes, armários envidraçados, mesas de mármore cobertas de garrafas de todos os feitios, e uma mesa de operação sob um grande refletor, agora apagado. Não havia pessoa alguma também, nesse compartimento. Eles entraram ainda numa porta que do laboratório dava numa pequena peça assustadora. Era nada menos que um museu anatômico. Mas, ao contrário de todos os outros museus do gênero, as peças estavam expostas ao ar e não encerradas em frascos e boiões com o líquido preservante. Nas prateleiras alinhavam-se cabeças, corações, estômagos, orelhas, fígados, pés, mãos, e mesmo corpo inteiro de um recém-nascido. Tudo aquilo tão fresco como se tivesse sido trazido para ali naquele momento. Era positivamente horripilante, e os três homens não puderam deixar de observar aqueles horrores durante alguns minutos.

— Mas quem é que gritava? — perguntou Cross. — A casa está vazia...

— No entanto, havia alguém aqui dentro. Ouvimos os gritos. Não podia ser uma pessoa só. Vamos ver essa porta.

A porta dava para fora, para os fundos da casa, também jardim. Era uma espécie de jardim onde ninguém se pode esconder, sem árvores sem moitas — apenas grama e alguns arbustos. E não havia sinal de pessoa humana por ali. Percorreram o jardim todo, sem resultado.

As pessoas que estavam na casa, se não havia sido ilusão dos três homens, tinham se evaporado positivamente. Deram ainda uma busca rigorosa em toda a casa e no jardim, sem encontrar nem traços de qualquer pessoa.

— Mas isto não é possível! — disse Dick Peter, — Havia gente aqui dentro, e não pode ter sumido. Bem. Tenho uma ideia. Vamos voltar.

DOIS HOMENS DESEJAVAM ELIMINAR
EGBERT: ERICKSON E...

No dia seguinte pela manhã o Dr. Lesseps comunicou que o professor Jefferson já podia falar. Morris e Dick Peter, acompanhados pelo médico, foram até ao quarto onde ele se achava.

— Que fez o senhor com as peças anatômicas da mala? — perguntou Jefferson agressivamente, logo que viu Dick Peter.

— Estão aqui, bem guardadas, professor Jefferson. Não tenha receio, que não se perdem

— Quero saber com que direito o senhor se apoderou delas.

— Porque são o resultado de um crime. Um homem foi morto para que o senhor pudesse dele ter um pé e uma mão para as suas experiências.

Mas isso é assim mesmo. Não posso mandar cortar pernas e mãos de pessoas vivas.

— Neste caso, porém, trata-se de um crime.

— Não creio. Erickson jamais faria uma coisa dessas.

— Quem é Erickson?

— É o meu ajudante preparador. — Dinamarquês?

— Sim. Dinamarquês. É um homem honesto, incapaz de um crime, apesar de todo o seu amor ao nosso trabalho.

— Pois lamentamos ter que lhe dizer, professor Jefferson, que desta vez um homem foi morto propositadamente, para que o pé e a mão pudessem ir ter ao seu laboratório...

— Ora deixe de tolices! Essas peças, como todas a outras que tenho, são provenientes de acidentados, gente que morre na rua ou nos hospitais e que não têm parentes, nem ninguém que os reclame. Que é que o senhor está aí inventando?

— Pois desta vez o senhor está enganado, professor. Houve um crime, e as provas do crime estão no seu apartamento da 3a, Avenida.

— Provas? Que provas?

— Dentro de uma mala, no armário embutido, está urna calça e uma bota que pertencem ao rapaz assassinado na Represa Nova. Esse rapaz, cujo corpo está aqui no necrotério. Está sem um pé e uma mão.

O professor estava com a boca aberta. Parecia não compreender o que lhe diziam. Recostou-se na cama, gemendo com as dores nas e balbuciou:

— Que é isso? Que é que me está dizendo? Quem é que colocou essas coisas no meu apartamento?

— O assassino. Se não é o senhor, é alguém frequenta a sua casa. Provavelmente Erickson, o seu ajudante preparador! O senhor conhece-o bem?

— Conheço-o há três anos, desde que está comigo, e não tenho nada de que me queixar. É ativo, trabalhador, e embora não seja muito inteligente, dá perfeitamente conta do seu trabalho.

— É ele quem lhe consegue as peças anatômicas?

— É. Eu não teria tempo de cuidar dessas coisas. Erickson está credenciado junto aos hospitais públicos, para conseguir isso.

— E tem a certeza de que ele consegue todas as peças desse modo?

— Pelo menos, é que eu penso. Não posso estar fiscalizando o seu trabalho. O que me interessa é receber as peças de que preciso para os meus trabalhos.

— É claro. Mas neste caso especial, o senhor vai nos ajudar, professor, porque se trata realmente de um crime. É possível que Erickson não seja o criminoso, mas ele, seguramente, nos poderá levar ao assassino. É isso que desejamos dele.

— Mas então é com ele. Não tinha nada que me tirar as peças anatômicas. E quase que me mata, no trem. Aquilo eram modos?

— Mas foi o senhor quem se atirou a mim. Eu não lhe ia senão fazer umas perguntas. O senhor atirou-se contra mim e me atirou para baixo.

— Não me lembro. Pode ser que assim fosse. Mas o senhor imagina quanto valem essas peças anatômicas para mim?

— Compreendo. Mas é preciso que o senhor examine as circunstâncias em que eu as encontrei.

Lesseps tomou a palavra:

— Professor Jefferson, claro que houve em tudo um mal entendido muito lamentável, por certo, mas que tem que ser desfeito agora de qualquer modo. Houve um crime, e do morto destacaram essas peças que estão em seu poder. Agora, o senhor precisa auxiliar a polícia, para que tudo possa ser posto em pratos limpos.

— Isso sim, é falar claro.

— Ajuda-nos então, professor Jefferson? — perguntou Morris.

— Naturalmente. O que quero é ver-me logo fora desta embrulhada. Que é que preciso fazer?

— Telefone para o seu laboratório de Mayflower e diga ao seu ajudante para ir encontrar-se consigo no apartamento da 3a. Avenida. Iremos lá recebê-lo.

— Mas por que? Acham que ele é o culpado?

— Não sabemos. Fomos esta noite ao seu laboratório. Ouvimos lá dentro gritos, mas quando entramos não pudemos ver ninguém.

— E acham que está direito isso de invadir a casa alheia?

— Alguém pedia socorro lá dentro, professor.

— Vocês estão sempre vendo fantasmas. Mas eu telefonarei. Passem-me o telefone.

Chegaram-lhe o aparelho e Jefferson ligou para o seu laboratório. Dick esperava que não encontrasse ninguém lá, mas não aconteceu assim. Atenderam, e ele conversou por alguns momentos com Erickson, combinando o encontro no apartamento às duas horas da tarde.

— Estão satisfeitos?

— Perfeitamente. Muito obrigado. E agora vamos deixá-lo em paz, professor Jefferson.

— Está bem. Quero descansar.

Deixaram o professor em sossego, como era seu desejo e voltaram à chefatura.

Agora daremos um passo definitivo, Morris. Se acompanharmos Erickson, saberemos tudo, ou quase tudo.,, Quer mandar o Cross buscar Hellen, em Blue Mountain? Faça o favor. É preciso acareá-los.

Morris deu as ordens necessárias e Cross partiu imediatamente.

Um homem ficou escondido no corredor. Dick e mais um outro policial ficaram dentro do apartamento.

Acabara de bater duas horas, quando a campainha da porta soou. Dick abriu a porta e deu de cara com um homem alto, forte, extremamente louro.

— Entre. — disse o detetive, sorrindo. O professor espera-o.

Erickson estava, evidentemente, admirado. Murmurou:

— Mas... — E, decidindo-se, entrou.

Dick Peter fechou a porta e encostou-se a ela.

— E agora, Sr. Erickson, chegou o momento de nos dizer porque matou Egbert.

Erickson fez um vago movimento de fuga, antes de responder qualquer coisa. E não lhe ocorreu nada melhor do que isto:

— Quem lhe contou essa estupidez?

— Sabemos de tudo, Erickson. É inútil tentar negar. Sabemos de todos os seus passos. Como foi à represa, como matou o rapaz, como lhe amputou o pé e a mão, e como voltou a depositar o cadáver na plataforma, na noite passada. Quanto à sua parte, sabemos de tudo. Queremos apenas, agora, que nos explique qual foi a participação de Williams Hendricks... e por que foi ele morto no seu apartamento aqui de baixo.

— Mas... espere... Não sei absolutamente do que está falando. Quem é esse Egbert? Quem é esse Hendricks?

— E há mais. Gostaríamos de saber, também, quem foram os seus dois companheiros na tarefa sinistra.

— O senhor está completamente maluco!

— O que desejamos saber mais, é se, depois de dinamitar a casa do velho Daniel, e matá-lo, conseguiu se apoderar dos documentos da mina de prata...

Erickson empalideceu subitamente.

— Não posso entender o que me dizem! Do que é que está falando? Que complicação absurda é essa em que me querem meter? Pelo amor de Deus! Explique-se claramente!

— Seria muito melhor, para seu próprio bem, que não tentasse fingir. Já viu que estamos senhores de toda a trama, e seria tolice sua negar. Podia nos dizer, por exemplo, e creio que isto era certo, que matou Egbert porque sabia que seria morto por ele. Sabe que Egbert estava a par de toda a sua ação, quando lhe matou o pai. E, portanto, sua vida corria perigo. Como precisava de peças novas para entregar ao seu chefe, pensou que seria uma boa oportunidade para se livrar do inimigo e servir a ciência...

— Chega de tolices! Tudo o que o senhor está dizendo é absurdo!

— Como conseguiu, então, aquelas duas peças, que foram amputadas do corpo de Egbert?

— Que Egbert? Não sei do seu nome. Aquelas duas peças foram conseguidas de um cadáver que estava no necrotério público. Um indigente... como é que vou saber seu nome?

— Se é verdade, não lhe será difícil levar-nos até ao necrotério e provar o que disse...

— Bom... isso não será possível. Porque... eu roubei as duas peças. O cadáver estava lá... entrei e amputei-o.

— Está certo, sr. Erickson. De qualquer modo, não nos adianta nada ficar conversando aqui. Vamos para a chefatura. Lá tudo será mais fácil.

Dick chamou o policial que se achava oculto no interior do apartamento e mandou-o algemar Erickson, que não opôs nenhuma resistência. Em seguida, fez uma pergunta à queima-roupa:

Quem trouxe a maleta com a calça e a outra bota de Egbert e a escondeu ali no guarda roupa? Foi o senhor mesmo?

Erickson olhou para o guarda-roupa embutido e disse:

— É incrível como os senhores inventam histórias! Não sei de nada disso!

— Está bem. Vamos embora, então. Só procurei, até agora, mostrar-lhe que sabemos de todos os seus passos, e que não adiantará querer fugir à responsabilidade. Agora, pense bem no que vai fazer. Vamos.

Abriu a porta e passou para o corredor. Atrás dele saiu o policial com o braço esquerdo preso pela algema ao braço direito de Erickson. O outro policial, que estava no corredor, aproximou-se:

— Apanharam-no?

— Já. Aqui está terminado. Vamos embora

Erickson não opôs a mínima resistência, nem ao ser algemado, nem ao ser conduzido para baixo, nem ao ser metido no carro, que logo se dirigiu para a Chefatura

Ao chegar, Dick Peter conduziu o prisioneiro para o gabinete de Morris, onde já estava Hellen à espera.

— Boa tarde, Hellen. Já nos conhecemos. Queria que me dissesse se conhece este cavalheiro...

Erickson entrou, e Hellen pôs-se de pé, subitamente indignada, e murmurou, com a voz presa:

— É ele! É o dinamarquês que desejava comprar a mina!

Erickson recuou, olhando com certo ar de pavor para a moça.

— Quem é a senhorita?

— Sou Hellen! Hellen, a filha de Daniel... que o senhor matou! Miserável!

— Está enganada! Nunca a vi, e não conheço seu pai...

— Mas eu bem o conheço! Nunca me esqueci da sua cara! Nunca a poderia esquecer! Que fez de meu irmão? Matou-o também? Bandido! Hellen teve uma crise de nervos, e Dick Peter recomendou:

— Cross, é melhor levá-la ao hotel. Já sabemos o que queríamos. E agora, Morris, é preciso conseguir a confissão deste cavalheiro tenebroso, porque ele é o autor da morte de Egbert e do velho Daniel, seu pai. Em seu poder devem estar, também, os documentos e o mapa que roubou da casa de Daniel antes de dinamitála.

— Pode deixar isto por nossa conta, Dick. Levemno lá para baixo.

Erickson foi levado "para baixo", com aquela delicadeza característica dos policiais de todas as partes do mundo.

— Morris — dizia Dick Peter pouco depois — Uma coisa está me preocupando: É o número de homens que levou Egbert de volta para a represa. Por que dois, apenas, quando para o arrancar de lá foram três?

— Ora. . . isso nada pode ter de extraordinário, Dick. Que é que tem de mais que um dos três não tenha ido da segunda vez à represa?

— É... talvez lhe fosse impossível...

— Claro. Podia ter-lhe sido impossível... impossível, por estar morto, Morris! O chefe olhou de modo estranho para o detetive.

— Sim. Impossível por estar morto, no quarto 820 do 8o. andar do edifício Apartamentos Atlântida, na 3a. avenida...

— Você tem alguma prova?

— Nenhuma. Simples imaginação. Porque Hendricks morava no andar de baixo... Porque era moço... porque tinha uma vida mais ou menos obscura...

— Pode ser. E quanto ao terceiro? Porque pelo que você me diz, seu pensamento é que um dos três era Erickson, o outro Hendricks... e o terceiro...

— Já tirei as minhas conclusões e parece que cheguei a um ponto. Mas veja você como a gente não é sempre tão observador como pensa ser... Por que motivo o vendeiro reparou sobre o olho esquerdo ?

— Ora... porque ela lhe chamou a atenção.

— É claro. Mas para que a gente repare numa coisa dessas, é preciso que ela seja bastante visível, digamos mesmo, escandalosa. Se não for assim, em geral não reparamos nessas cicatrizes.

— Tem razão... Mas às vezes, também, reparamos em coisinhas sem importância, que se nos gravam na memória para sempre.

— É claro, Morris, mas quando essas coisinhas insignificantes se ligam a um acontecimento de grande importância. Por exemplo. Você assiste a uma colisão de automóvel. Está parado na calçada, um automóvel se aproxima, vai de encontro a outro e há um desastre de grandes proporções, com mortos e feridos. Você pode reparar que há uma amolgadura no para-lama do carro, e pode nunca mais se esquecer dessa pequena amolgadura, que, no entanto, não é o mais importante do caso... Mas é que ela lhe chamou a atenção em meio a um acontecimento grave. Neste caso, porém, a chegada dos três homens à venda, para tomar um gole, não estava envolvida em nada grave. Não tinha acontecido com eles, no momento de sua visita, qualquer coisa particularmente importante. Daí eu depreendo que a cicatriz era notável por si mesma, e foi isso que fez o vendeiro fixá-la na memória com grande precisão. Além disso, você bem vê que os dois homens são suficientemente cínicos para deixar "lembranças para a polícia". Cometeram um erro grave — o que prova que não são assassinos profissionais, nem mesmo acostumados com a prática do crime.

Denunciaram-se. Como todos os criminosos sem prática, quando pronunciaram o nosso nome. "Sabiam", que andávamos na pista... Julgavam-se, porém, tão seguros que desprezaram qualquer precaução e cederam ao desejo natural nos principiantes, de se vangloriar e desafiar. Agora, perguntemos: Quem podia estar a par dos nossos trabalhos? Quem, além de estar a par dos nossos trabalhos, tinha interesse em eliminar Egbert?

Dick esperou uma resposta, mas Morris fez uma pergunta:

— Quem, Dick? Você sabe?

— Sim. Há um homem, moço, e que tinha motivos, embora não muito sérios, para eliminar Egbert. Mas os motivos, mesmo fúteis, são às vezes exagerados pela imaginação do futuro criminoso, especialmente quando essa imaginação tem o estímulo de paixão..

— Já sei onde você quer chegar, Dick. "Cherchez la femme", como dizem os franceses...

— Precisamente, Morris. Procure a mulher. E isto é que complicou de tal maneira o caso. Um caso raríssimo, em que se associa um motivo de experiência cientifica, a um motivo de ciúmes... Dois homens, dos três, eram capazes de matar: um para servir à ciência e ao chefe que adorava... o outro, para se vingar, por ciúme, por amor.

E estes dois homens se unem para realizar uma ação que os deixaria satisfeitos... Está compreendendo, Morris?

Está muito claro, Dick. Muitíssimo claro. Mas, o terceiro homem? Que motivos tinha?

— Bastam dois homens com motivos. O terceiro pode ser um auxiliar que foi preciso eliminar depois por qualquer motivo que desconhecemos, mas que se tornará claro bem depressa. Dois homens que tenham motivos para cometer um crime é, mesmo, demais. Em geral, um só basta. Um só pode arrastar dois, ou três. Aqui, tiveram que ser dois para que a vítima escolhida fosse justamente Egbert. Bem, para terminar gloriosamente o nosso dia hoje, temos que fazer uma coisa, Morris. Mandar varejar o domicílio de Erickson, para descobrir os documentos e o mapa referentes à mina de prata. Ele que dê o seu endereço. Mande lá uns homens hábeis e, com esses documentos, encostaremos Erickson à parede, irremediavelmente.

COMEÇA O INTERROGATÓRIO

No dia seguinte, a polícia já estava de posse dos documentos referentes à mina de prata, que era localizada no Texas e pertencia a Daniel, o pai de Egbert. Era a escritura de compra e o mapa de localização.

— Como é que ele podia usar isto? Está tudo em nome do velho Daniel...

— Era-lhe fácil falsificar um documento de venda... depois da morte de Egbert. Enquanto Egbert estivesse vivo, Erickson nada podia fazer... Onde estava?

— Num fundo falso de gaveta.

— Bem. Vamos conversar agora com o sr. Erickson. Mande buscá-lo, Morris. Mande vir, também, mais as seguintes pessoas: Atílio, o engenheiro McKlark e o vendeiro que me alugou o carro.

— Trate disso, Cross.

Cross retirou-se para tomar as providências, e, pouco depois, Erickson chegava ao gabinete, acompanhado por dois policiais.

Dick Peter, depois de o examinar por uns momentos, disse:

— Erickson, gostaria que você pudesse compreender a inutilidade de qualquer mentira que lhe venha à cabeça. Afirmo-lhe que temos tudo perfeitamente descoberto. Portanto, o melhor que você tem a fazer é declarar que matou Egbert.

Mas não posso fazer tal declaração. Estão inventando coisas para me perder, e eu nem sei por que...

— Aí vem você... Acabo de lhe dizer que é inútil mentir, e você começa precisamente com uma mentira. Olhe, estes papéis... ah!... já arregalou os olhos... Pois é, meu caro. Você os reconheceu depressa... São realmente os documentos de propriedade da mina de prata. Sabe onde os encontraram, não? Sob o fundo falso da sua gaveta... São a prova do crime, porque por ele foi morto o velho Daniel e você sabe bem disso. Por causa deles foi morto, também Egbert, porque, com Egbert vivo, você nunca poderia tomar posse da mina.
Sabemos também quem foram os seus dois companheiros na sinistra empreitada. Um deles está morto, e você nos dirá porque morreu, mas o outro está vivo, e poderemos reconhecê-lo mesmo sem a cicatriz postiça por cima do olho.,.

O aspecto de Erickson mudara completamente. Deixara-se cair numa cadeira, abatido, desanimado, como se tivesse acabado de perder um ente querido.

— Então? As coisas não estão boas para você, Erickson. Mas você é homem e tem que saber enfrentalas. Elas não são senão o fruto de seus próprios atos. As consequências. Você jogou e perdeu... Mostre o seu jogo, agora...

Erickson ficou em silêncio e de cabeça baixa ainda por alguns momentos. Depois, lentamente, levantou-a e, fitou, primeiro Morris, e depois Dick Peter.

— Eu sabia que a vaidade dele nos iria perder...

— Atílio fez questão de entrar no bar, para provar que não tinha medo, não é? — perguntou Dick.

— Sim. E fez questão também, de deixar "lembranças para o sr. Dick Peter"... Dei-lhe muitos socos por causa disso. Mas já estava feito.

— Agora, conte como é que as coisas se passaram.

Morris ligou o aparelho de gravação em arame, que iria registrar toda a conversa. E Erickson fez, quase que de um só fôlego, toda a confissão.

A conversa com Atílio foi mais dura.

— O senhor está completamente maluco!

Acha então, que por causa de uma moça iria matar um rapaz que quase não conheço?

— Acho, porque eu sei até onde pode ir o desespero de um moço apaixonado. O senhor não vai negar que era noivo de Alice, não?

— Claro que não. Estávamos noivos.

— E não vai negar que Alice estava gostando de Egbert, vai?

— Não. Era coisa evidente. Mas não sou tão louco que só por causa disso fosse matar o rapaz.

— Depende do seu temperamento. Um momento. Cross!

— Às suas ordens, sr. Dick Peter.

— Quer me chamar o vendeiro?

O vendeiro chegou logo.

— Conhece este moço?

— É o sr. Atílio, o filho do chefe da Usina. — Cross, quer me trazer a cicatriz?

Cross trouxe uma tirinha de matéria plástica, e aplicou-a na testa de Atílio, sobre o olho esquerdo.

— Que falta mais? — perguntou Dick Peter.

O vendeiro estava profundamente admirado, e murmurou:

— Não é falta... um bigode...

— Isso é fácil. Está vendo, Atílio? Não é útil negar. A cicatriz que você aplicou sobre o olho pode não ser igual a essa, mas faz o mesmo efeito. Confesso que foi um recurso inteligente. Mas está tudo descoberto, e de nada lhe adiantaria, agora, negar. Além do mais Erickson confessou o crime, a sua participação e a de Hendricks. Assim, o melhor é confessar tudo.

Atílio sorria, superior.

— Se acha que está tudo provado, prenda-me. Mas devo dizer-lhe que é mentira, e que o meu advogado trabalhará.

— Pouco nos importa o seu advogado. Alice já fez o seu depoimento também. Disse que você estava com um ódio profundo de Egbert, e que é também um caráter um tanto violento. E que por isso mesmo se inclinara para

Egbert. Disse que já confessara a você gostar muito de Egbert e que preferia o rapaz da casa flutuante a você.

— Ela disse que matei Egbert?

— Não.

— Que quer então, que eu faça com as declarações dela?

— Temos ainda as declarações de Erickson, que são positivas e insofismáveis. Temos esta testemunha, o dono do bar, o reconheceu.

— Até a voz — interrompeu o homem do bar. — A voz é a mesma. Para falar francamente, não sei como não o reconheci logo!

— Porque não era eu, seu cretino! berrou Atílio.

— Era o senhor mesmo! Agora não me engana mais! Era o senhor mesmo!

— Você é um idiota! Você é que ajudou o criminoso, e agora quer se livrar à minha custa!

O vendeiro ia se atirando para cima de Atílio, mas foi impedido pelos policiais presentes. E em seguida levaram-no para fora.

— Bem, disse Dick Peter — Por hoje é só. Mande recolhê-lo, Cross. E os outros que se vão embora. Amanhã teremos outra sessão. Recomendo-lhe que reflita, Atílio. Para seu próprio bem...

Atílio sorriu superiormente, enquanto era levado para fora da sala.

A CONFISSÃO DE ERICKSON

No dia seguinte, Atílio estava novamente diante de Morris e de Dick Peter, e os policiais montavam guarda, como de costume.

— Falei com seu pai, Atílio. Foi para ele uma coisa profundamente dolorosa. Quis ouvir a confissão de Erickson. Ouviu-a. foi pessoalmente falar com o dinamarquês, mas já não tem mais dúvida alguma sobre o seu ato. Quer confessar?

— Não! respondeu secamente o moço.

— Quer ouvir a confissão de Erickson?

— Não me interessa. O fato de ele estar perdido e querer, também, perder os outros, não os devia levar a tal extremo.

— Ele, pelo menos, praticou uma ação digna, reconhecendo o mal que fez. O que esperávamos era que você fizesse o mesmo.

— Deixe-o, Morris – atalhou Dick Peter — Vamos fazê-lo ouvir a confissão de Erickson. Mudará de ideia em um minuto.

— Cross, quer trazer o aparelho?

Pouco depois ali estava o aparelho de gravação em arame, uma simples caixa metálica com dois carretéis onde o fio se enrolava, e um pequeno auto-falante. Ligado, começou a reproduzir a confissão de Erickson:

— "Eu sabia da mina de prata e tinha proposto ao velho Daniel comprá-la de sociedade com ele, porque o proprietário, por acidentes da vida, chegara a extrema miséria, não podendo explorá-la. O velho Daniel disse que faria o negócio comigo, mas enganou-me, fazendoo sozinho. Jurei vingar-me. Aquela mina era uma obsessão que eu alimentava havia anos. Fora estudante de medicina, e tinha uma boa reputação como ajudante preparador. Gostava da minha profissão, mas queria ter uma propriedade, uma coisa que me garantisse o futuro. Quando começou a inundação do vale, e eu soube da teimosia daquele velho louco, que não queria abandonar a casa, pressenti o que ia acontecer. Eu sabia do baú de folha onde estavam os documentos do velho. Andava rondando a casa, esperando uma oportunidade para roubar-lhe o baú. Mas o velho nem deixava a casa, nem afrouxava a vigilância. Tive, então, uma ideia terrível. Tinha em casa algumas granadas de mão, que trouxera dos campos de guerra. Um dia, quando a casa já estava dentro da água, vi que Egbert, o filho, saía com a canoa. Logo que ele se afastou bastante, aproximei-me da casa. O velho Daniel viu-me, pegou na espingarda e foi para a janela.

— Que deseja aqui? — perguntou ele — Afaste-se!
— Quero a minha parte na mina! — respondi.
— Afaste-se ou atiro!

Eu sabia que ele cumpriria a ameaça. Tirei o. grampo da granada e atirei-a pela janela de baixo para dentro da casa. O velho atirou mesmo, mas no mesmo instante, a casa explodia com um ruído abafado. O meu barco virou e eu mergulhei. Durante alguns minutos fiquei atrapalhado, mas logo, consegui virar de novo o barquinho e meti-me nele, escapando. Vi quando o filho do velho veio e ficou boquiaberto. Depois veio muita gente, e durante todo o dia tive que ficar no meu esconderijo. Mas no dia seguinte pude mergulhar à vontade. Se soubessem o trabalhão que me deu encontrar o maldito baú! Mas consegui-o, afinal, tirei dele os documentos da mina, e atirei-o a água de novo. Esperava falsificar, com um tabelião conhecido meu, uma escritura de compra.

Mas, não sei como, o diabo do rapaz soube do que fiz, e começou a perseguir-me. Queria me matar. Por duas vezes nos encontramos e lutamos. Mas eu era muito mais forte do que ele, e vencia-o sempre.

Devia ter aproveitado para matá-lo numa dessas vezes. Seria em defesa própria, mas eu não me lembrei disso. Não o queria matar. Mais tarde, convenci-me de que, enquanto Egbert não morresse, eu não poderia preparar a escritura falsa. Já trabalhava, então, com o professor Jefferson, e devo dizer que adoro esse homem extraordinário.

Foi nessa lida de arranjar para ele peças anatômicas que me veio um dia a diabólica ideia de matar Egbert. Compreendem? Eu estava desesperado com ele, porque era um empecilho para gozar do que legitimamente me pertencia! A minha imaginação trabalhava sempre nesse sentido, e achava cada vez menos horrível o que planejara. Por várias vezes tentei aproximar-me da sua casa flutuante. De uma vez, ele me viu de longe e atirou contra mim. Eu precisava de um cúmplice. Não o homem que me ajudava a fazer os trabalhos nos cemitérios, para tirar peças dos cadáveres, mas de um outro, capaz de me facilitar a entrada na casa de Egbert. E assim travei conhecimentos com Atílio, o filho do engenheiro-chefe. E o acaso me ajudou. Um, dia, Atílio veio falar-me sobre Egbert. Eu estava ainda estudando um meio de me aproveitar da amizade dele. Percebera que era um rapaz de gênio fraco, que podia ser conduzido em caso de necessidade. Mas ele mesmo foi quem me falou:

— Tenho vontade de matar aquele selvagem da casa flutuante! É um sujeito grosseiro, um ladrão!

Eu quis saber do que se tratava. Atílio contou-me então, como estava apaixonado por Alice, de quem era noivo e contou-me que Egbert estava tentando roubá-la dele, e que ela parecia estar também gostando do rapaz. Contou-me que houvera uma briga e que ele fora esbofeteado pelo outro. Então, vi a minha chance. Inventei as piores coisas plausíveis sobre Egbert. Disse que ele fizera mal a uma de minhas irmãs e que eu também jurara vingar-me. Durante dias, só falamos nisso e consegui envenenar completamente o espírito do rapaz, preparando-o para o que tinha em mente.

Disse-lhe que precisávamos nos vingar de Egbert, e que eu me encarregaria de tudo, bastando que ele me conduzisse a mim e ao meu ajudante. Porque a mim, Egbert não deixaria entrar.

Combinamos tudo para a noite de sexta feira. Ao anoitecer fomos lá num carro alugado. Do portão, Atílio falou com Egbert, que veio abrir. Eu estava escondido no carro, e o meu companheiro Hendricks, não sabia do que se tratava. Eu lhe dissera, apenas, que íamos buscar material para o professor, como havíamos feito tantas outras vezes. Atílio saltou do carro e meu companheiro foi com eles, fiquei, e, depois, segui-os na sombra. Atílio levou Egbert até o caramanchão, e, então, eu me aproximei e dei três tiros no rapaz, que caiu imediatamente. Hendricks quis gritar, fazer escarcéu, mas eu ameacei-o com o revólver.

— A gente tanto paga por um, como paga por dois — disse-lhe. — E se você não se comportar como convém, o professor Jefferson terá mais algumas peças para trabalhar...

Cheio de medo, ele consentiu em me ajudar. Íamos cortar um pé e uma das mãos de Egbert ali mesmo, mas Atílio não concordou de jeito nenhum. Tivemos que trazê-lo para a cidade. Levamo-lo para o laboratório e ali lhe amputamos os membros. Eu queria trazê-lo de volta, mas soube depois que Atílio tinha vindo com Alice à Represa, o que estragou tudo. Ele disse-me depois que fora obrigado a vir para não a deixar vir sozinha. Mas aquele idiota do Hendricks começou a fazer cenas lamentáveis. Estava horrorizado, e dizia que ia contar tudo à polícia. Comecei a ver as coisas mal paradas. Atílio, por seu lado, era um maldito gabola. Peguei na calça e na bota de Egbert e as pus na velha mala, guardando tudo no armário embutido do apartamento do professor Jefferson. Depois disso, fui falar com aquele cretino do Hendricks e tive de matá-lo, Ele escrevera uma carta, que ia mandar à polícia. Tireilhe a carta das mãos e dei-lhe uma pancada na cabeça com um pedaço de cano que estava sobre a chaminé. Ele caiu, e eu fiquei sem saber o que fazer. Se o deixasse, ao voltar a si, era capaz de chamar a polícia e contar tudo. Não tinha outro remédio senão matá-lo. Levei-o para o banheiro, dei-lhe uma injeção de veneno e depois abri o gás. Saí e fechei a porta. Quando me lembrei que aquele trinco só fechava por fora e que, assim, ninguém podia pensar em suicídio, já era tarde. A polícia tinha encontrado o corpo e estava tudo encrencado. Mas eu não sabia ainda o que fazer do cadáver de Egbert, que já começava a se decompor. Falei com Atílio, e este telefonou em nome do chefe aos policiais que estavam na casa flutuante, mandandoos voltar. Levamos então o cadáver, e, na volta, por vontade de Atílio, paramos na venda para tomar um trago. E aquele maldito gabola não pode deixar de falar. Tive vontade de matá-lo também, e por pouco não o fiz... Soube que estiveram no laboratório, quando eu estava lá. Aqueles gritos de socorro eram de um menino que eu atropelei na estrada com o carro, e ao qual tive que amputar um dedo que se esmagara. Mas o que fazia, então, era uma obra de caridade. Quando senti que abriam a porta, escondi-me na adega com ele, tapando-lhe a boca. O menino é da vizinhança e está em casa de seus pais. Isto é tudo".

Estava terminada a confissão de Erickson. Atílio, pálido como um defunto, perguntou com voz rouca:

— Qual será a minha pena?

— Não muito longa... Ademais, o senhor deve ter bons advogados... É um cúmplice, e, decerto, tem culpa, mas não é criminoso. Não matou. Apenas facilitou o trabalho de Erickson... deve reconhecer que Erickson foi muito honesto. Ele podia tê-lo envolvido muito mais...

— É verdade. Tudo o que ele disse é verdade. Tudo se passou assim mesmo... É horrível, como a gente tem coragem de fazer certas coisas... Mas ele é que me levou a fazê-las. Sozinho eu jamais teria coragem... agora, quando me lembro... fico horrorizado. Só se estivesse louco!

— Assina uma confissão?

— Assinarei... Mas não contem a verdade a Alice...
Digam-lhe que Erickson me acusou e que não pude
provar o contrário... Para que dar à moça mais desgosto?
Sei que ela gosta de mim... Não a procurarei nunca
mais... Mas não quero que fique pensando muito mal de
mim... ficaria desesperado...